KB206727

꿈 을 통 해 서 , 상 생 의 길 을 찾 다

조우

遭
遇

| 안성재 지음 |

어문학사

1

낯선 조우遭遇

- 꿈 -

1

"함장님, 목표지점 도착 15분 전입니다. 중앙통제센터로
와주시기 바랍니다."

연락을 받은 함장은 서둘러서 관제탑으로 향했다. 그러고
는 엘리베이터를 타고서 관제탑 최고층에 자리 잡고 있는 중
앙통제센터로 들어서자마자, 곧바로 통신담당에게 지시를 내
렸다.

"준비되었으면 출발시키지. 시간이 그리 넉넉지 않네."

"네, 알겠습니다. 채광팀, 여기는 중앙통제센터다. 준비되
었으면 바로 출발하기 바란다."

"알았다. 지금 바로 출발하겠다."

대기 중이던 채광팀장은 곧 채광선(採鑛船) 1호기를 발진
시켰고, 뒤이어 다른 채광선들이 그 뒤를 따라서 속속 육중한
그랜드 알리앙스호를 빠져나오기 시작했다. 잠시 후 채광팀
장이 뒤따르는 채광선들에게 연락을 취했다.

조우

"곧 대기권에 진입한다. 주지하다시피, 이번에 예기치 못한 달 파편과의 충돌로 파손된 함체 복구에 티탄알루미나이드(TiAl)가, 그리고 내부의 전자관 그리드 수리에는 몰리브덴(Molybdän)이 필요하다. 아울러서 가능한 한 많은 물을 운반해야 하니 잊지 않도록 바란다. 이번 파견은 지구에서의 최대 규모이자 마지막 임무니 각별히 신경 써주기 바라고, 특히 개인 안전에 유의하도록, 이상."

채광선들이 잿빛의 지구 대기권에 진입해 시야에서 사라질 때까지 선 채로 응시하던 함장은 이내 자신의 자리로 돌아와 앉았다.

2

지금은 그랜드 알리앙스(Grand Alliance)력 2015년. 바꿔 말해서 우주를 떠돌며 인류가 살만한 행성을 찾아 해맨 지도 벌써 지구의 계산법으로 2015년째다.

15개월 전 혜성 하나를 발견하여 M15로 명명했는데, 천문학자들은 이 M15가 시속 8만 킬로미터로 날고 있으며, 약 1년 후 태양과 충돌하여 소멸할 것으로 예상했다. 하지만 뜻하지 않게도 6개월 전에 M15는 태양과의 충돌을 피해 살아남았고,

그동안까지의 궤도를 바꿔서 달을 향해 비행하기 시작한 것이다.

결국, 한 달 전에 M15는 달과 충돌했고, 그 결과 달에 거대한 균열이 생겼다. 전문가들의 계산과 달리 충격은 훨씬 더 커서, 달은 거의 두 동강이 나버렸고, 또 그로 인해 발생한 달의 파편 중 하나가 그랜드 알리앙스호의 선미(船尾) 즉 뒷부분과 충돌하게 된 것이다. 물론 실드(shield)를 쳐서 함선 전체를 보호하기는 했지만, 파편의 속도와 무게를 감당하기에는 역부족이었다.

달이 자전축 23.5도를 잡아주지 못하자 지구는 90도로 완전히 기울어지게 되었고, 그로 인해서 지구는 6개월을 주기로 반쪽이 냉대기후와 열대기후를 반복하다가 생명이 살 수 없는 행성이 되어버렸다. 하긴 뭐, 별 상관은 없다. 어차피 지구에 남아 있는 동식물을 포함한 모든 생명체는 이미 사라진 지 오래이므로.

문제는 달이 거의 두 동강 나버린 후, 그랜드 알리앙스호에 더 큰 난관이 다가오고 있었다. 하나는 달이 잡아주던 자기장에 큰 변화가 생겨서 지구에 태양풍이 불게 되고, 그로 인해서 머지않아 물이 모두 증발해버린다는 것이다. 그렇게 되면 지구는 화성의 전철을 밟아 제2의 화성으로 재탄생할 것이다.

사실 물은 그 특성상 100% 순환되기 때문에 결코 사라지

조우

지 않는다. 또 그랜드 알리앙스호는 배출되는 모든 수분을 재생해서 쓰고 있으므로, 별문제가 없어 보였다. 그러나 그랜드 알리앙스호에서는 계속해서 새 생명이 태어나고 있고, 그들 각각의 몸은 일정 수준의 수분을 필요로 한다. 다시 말해서 한 생명이 태어날 때마다 보유해 온 수분은 그만큼 줄어들게 되므로, 새로운 생명이 태어날 때마다 감소하는 만큼의 새로운 수분이 더 필요하다는 것이다. 그러므로 결론은 제한된 시간 내에 지구에서 정기적으로 수분 ─ 아니 이제는 냉대기후대에서 발생하는 얼음이라고 말해야 맞을 것이다. ─ 아무튼, 그러한 얼음을 채취하고, 그 얼음을 다시 녹인 후 정수하여 써야 한다는 이야기인데, 머지않아서 모든 수분이 증발해 버린다면 어찌한단 말인가.

또 하나의 문제는 이보다 더욱 심각했다. 달이 파괴되어 지구와의 인력관계가 붕괴되면서, 지구는 점차 태양과 멀어지고 오히려 화성과의 간격이 점점 좁혀지기 시작한 것이다. 그것도 생각보다 훨씬 더 빠른 속도로. 본래 지구와 화성의 거리는 약 7천만 킬로미터인데, 달이 파괴된 지 한 달이 된 지금 두 행성 간의 거리는 6천만 킬로미터가 채 되지 않는다. 천문학자들은 이 정도 속도라면 대략 반년 아니 어쩌면 그보다 더 이른 시간 내에 두 행성의 태양으로부터의 거리가 같게 된다고 한다. 만약 같은 공전의 궤적에서 지구나 화성의 공전 속도에까지 변화가 생기면 심지어 두 행성이 충돌하게 될 가능성마저 있다고 말하고 있다. 그다음에 또 무슨 일이 벌어질 는지는 아무도 모른다.

따라서 그랜드 알리앙스호에는 더 이상 지체할 수 있는 시 간이 얼마 남지 않았다. 최고 지도자회의의 결정에 따라서 동 원할 수 있는 모든 채광선을 지구에 보내게 되었고, 임무기간 은 두 달이었다. 그리고 그다음 두 달에 걸쳐서 파손된 함체 를 수리하고, 마지막 남은 두 달 동안은 이곳에서 최대한 멀 리 이동하는 것만이 그들이 할 수 있는 유일한 선택이었다.

3

"채광선들이 무사히 목적지에 착륙했습니다."

통신담당이 보고하자, 뭔가 생각하는 표정을 짓던 함장은 바로 자리에서 일어나 어디론가 연락을 취했다. 그리고 잠시 후 대형모니터에 의원들이 회의하는 모습이 잡혔다.

"채광선이 지구에 도착했습니다."

함장의 보고에 심각하게 논의하고 있던 최고 지도자회의 의원들은 고개를 들어 모니터를 한 번 쳐다보고는 굳은 표정 으로 하나둘씩 고개를 끄덕였고, 의장은 그렇게 고개를 끄덕 이는 의원들의 얼굴을 천천히 그리고 하나씩 응시하다가 이

으고 입을 열었다.

"이제 더 이상 다른 선택의 여지가 없습니다. 아시다시피 우리는 태양열을 에너지로 전환하여 이 그랜드 알리앙스호를 움직이고 있으니, 태양계를 벗어나서 다른 행성을 찾는다는 생각은 꿈에도 해본 적이 없지요. 그리고 이미 2,000년이 넘도록 인류가 거주할 수 있는 여건을 지닌 태양계 내의 다른 행성들을 찾아보았지만, 결국 우리가 의지할 수 있는 곳은 오직 지구 하나뿐임을 다시 한 번 확인했을 따름입니다. 이후 어떠한 결과가 나올지는 모르겠지만, 이 모든 것은 모두 우리가 짊어지고 가야 할 것입니다. 이제 와서 지구를 그렇게 만들어버린 선조들을 아무리 원망한들, 또 무슨 소용이 있겠습니까? 우선은 계획대로 지구와 화성 충돌 전에 최대한 멀리 이곳에서 벗어날 수 있도록 만전을 기하고, 그다음의 계획은 이 위기를 벗어난 후에 다시 의논해도 늦지 않을 것입니다."

그 말에 의원들 모두는 한숨지으며 고개를 떨구고는 아무 말이 없었다. 의장 역시 착잡한 심정을 어찌할 수 없었는지, 그렇게 한숨짓는 의원들의 모습을 잠시 맥없이 쳐다보았다. 그러고는 다시 말을 이었다.

"이제 우리 인류에게 더 이상의 희망이 남아 있는지 아닌지는, 향후 반년을 통해서 알 수 있을 겁니다. 우리는 다만 최선을 다할……."

바로 그때 함장의 모습이 보이는 대형 모니터 좌측 하단에 별도의 작은 화면이 켜지더니, 우주복을 입은 채광팀장의 얼굴이 비춰지기 시작했다.

"채광팀장입니다. 현재 몰리브덴 매장 예상 지역 지표면이 얼어붙어서, 채굴 작업이 예상보다 지연될 것 같습니다."

그 말에 최고 지도자회의 구성원들은 웅성거리기 시작했고, 함장은 이러한 분위기를 애써 감추려는 듯 단호한 말투로 물었다.

"애초 계획보다 얼마나 더 지연될 것 같은가?"

"거의 보름에서 한 달 정도 더 소요될 것 같습니다."

"음, 얼어붙은 지표면이 문제군."

함장이 혼잣말로 중얼거리며 잠시 생각하고 있을 때였다.

"그럼 정반대로, 냉대기후 지역이 아닌 열대기후 지역으로 가면 되지 않겠소?"

모니터로 함장과 채광팀장의 대화 장면을 지켜보고 있던 한 의원의 갑작스러운 질문에, 채광팀장이 곧바로 대답했다.

"이미 지질전문가 그룹에 자문을 구했는데, 추적기에 의하면 현재 열대기후 지역의 매장량은 턱없이 부족하다고 합니다."

함장은 화면 속의 의장을 응시했고, 대화내용을 듣고 있던 의장은 의원들과 상의하기 시작했다. 그리고 얼마 후, 의장이 모니터를 바라보면서 최고 지도자회의 결정 내용을 전했다.

"알겠습니다. 다른 방도가 없으니 그렇게 하도록 하죠. 아무튼 최대한 시간을 단축할 수 있도록 노력해주세요."

함장은 아무 말 없이 묵묵히 모니터에 비춰지는 채광팀장의 모습을 바라보았고, 채광팀장은 짧은 대답과 함께 통신을 종료했다.

"네, 알겠습니다."

채광팀은 얼음 및 몰리브덴 채굴과 운반 작업을 동시에 진행하느라고 그랜드 알리앙스호와 지구를 계속해서 왕래했고, 그중에 운반된 몰리브덴은 수시로 제철 작업장에서 열처리를 거쳐 스테인리스강에 첨가되어 정비팀에게 인도되었다. 그렇게 그랜드 알리앙스호의 선미가 완전히 수리되기까지 거의 5개월이 걸렸다. 애초 계획보다 한 달 가까이 지연된 것이다. 이제 지구와 화성과의 거리도 1천만km 정도로, 더 이상은 지체할 시간이 없었다. 최고 지도자회의 의장과 화상통화를 하던 함장은 연락을 끊고, 조종사들에게 지시했다.

"이제 이곳을 벗어난다!"

그랜드 알리앙스호는 최대 출력으로 비행하기 시작했고, 잿빛의 지구와 조금씩 멀어지는 것이 육안으로도 느껴졌다. 어쩌면 지금이 현존하는 지구를 볼 수 있는 마지막 순간이고, 그들은 또 그 역사의 현장에 서 있는 마지막 인류가 될지도 모르리라.

잠시 후 함장은 ER-20을 발사하도록 지시했다. ER-20은 촬영된 동영상을 실시간으로 전송해주는 고성능 카메라를 장착한 무인 탐사선으로, 최고 지도자회의에서는 만에 하나 지구와 화성이 충돌할 경우 그 순간을 고스란히 기록해두도록 결정한 것이다.

이제 할 수 있는 모든 조치는 다 취했다. 이로써 그랜드 알리앙스호는 잠시나마 한숨을 돌릴 수 있게 될 것이다. 물론 이러한 시간이 얼마나 계속될 수 있을지는 아무도 예측할 수 없지만 말이다. 다시 일상 속의 평온함을 되찾은 그랜드 알리앙스호는 비상상황을 종료하고 평소 여느 때와 같은 모습을 되찾기 시작했다.

4

이곳 그랜드 알리앙스호에서는 구성원들이 살아가는 데 필요한 최소한의 필요조건인 의식주 문제를 모두 정부가 기본적으로 해결해주고 있다. 1인당 주거 공간은 12㎡ 즉 4평 정도로, 가령 3인 가구인 경우 36㎡의 공간을 정부에서 무상으로 받게 된다. 하지만 향후 자신의 재산축적현황 및 투자 정도에 따라서 자율적으로 주거 공간을 변형하거나 확장할 수도 있다.

음식은 자급자족을 원칙으로 하므로 1인당 공동농장의 일정 부분을 할당받아서 책임지는데, 직장문제 등으로 인하여 시간을 낼 수 없는 경우에는 전문 인력에게 별도의 비용을 지불하여 위탁경영 시킬 수 있도록 관리하고 있다. 또한, 일정 비용을 내고 식사를 해결하는 공동 식당제도를 운용함으로써, 손님접대 등의 특별한 경우를 제외하고는 대부분의 구성원이 자신의 주거 공간이나 근무처 부근의 카페테리아에서 매끼를 해결한다.

의복의 경우에는 개인 작업을 통해서 해결하는 것이 대단히 비효율적이므로, 전적으로 제작회사에 일임하고 있다. 그리고 물론 음식과 같이 판매와 구매를 통해서 해결한다.

그랜드 알리앙스호에서 새 생명이 태어나면 3세까지는 의무적으로 출산휴가를 받은 부모에 의해서 양육되다가 4세부터 공교육을 받게 되는데, 그 이유는 3살까지 부모의 관심과 사랑을 받고 자라난 아이가 그렇지 못한 경우보다 부모와의 유대관계가 월등히 긴밀하게 유지된다는 교육전문가들의 연구 결과가 있었기 때문이다.

4세부터 7세까지는 초급교육을 받고 8세부터 16세까지는 공통교육 그리고 17세부터 19세까지는 중등교육을 받게 되는데, 이 모든 교육과정은 정부지원 60%와 학비 40%로 유지 운영되고 있다. 특히 중등교육은 실무자 준비 과정과 전문가 준비 과정으로 나눠서 운영하고 있는데, 실무자 준비 과정을 마치고 나면 바로 현장에 투입되는 반면 전문가 준비 과정을 마친 이들은 계속해서 4년간의 전문가 과정으로 진학하게 된다. 그리고 이 두 과정 중에서 어느 것을 선택할 것인가에 대한 판단은 어디까지나 공통교육 평가결과 및 해당 학생의 개인 의지에 달려 있다.

그런데 여기서 주목할 만한 것은 실무자와 전문가의 급여 차이이다. 실무자는 졸업과 동시에 근무를 시작하여 급여를 받지만, 전문가교육과정으로 진학한 학생들은 4년간 정부로 부터 100% 학비 및 기본생활비를 보조받게 된다. 그리고 전문가가 되면 그 4년의 교육기간이 모두 근무기간으로 인정받게 되므로, 사실상 실무자와 전문가의 급여에는 차이가 없게 되는 것이다. 좀 더 구체적으로 말해서, 그랜드 알리앙스호 전체의 급여는 철저하게 호봉제에 입각하므로, 실무자와 전문가의 급여 차이는 근무기간에 달려 있을 뿐 신분의 차별에 있지 않다. 다만 성과급과 직급에 따른 개별적인 차이는 분명 존재하므로, 차이는 인정하되 차별은 인정하지 않는 것이다.

특히 공통교육기간을 통해서 지속적으로 실무자와 전문가에 대한 직업적 편견 및 차별에 대한 인식을 없애주므로, 학생들은 자신이 진정 원하는 바가 무엇인지를 찾는 데 몰입할 수 있다. 즉 그랜드 알리앙스호 교육의 주된 특징은 공통된 교육과정을 통해서 자기만의 재능이 무엇인지 그리고 자신이 진정 원하는 것이 무엇인지를 찾게 하는 데 있는 것이다. 따라서 직업마다 약간의 차이가 존재하지만, 이는 자본주의의 차별적 '부익부, 빈익빈'과는 다르다. 그러므로 직업의 전문성에 따르는 일정한 급여와 신분적 차이는 자연스럽게 인정하고 있다.

또한, 개인의 필요에 의해서 실무자는 전문가교육과정을 다시 신청할 수도 있고, 전문가들은 자신의 지적 수준을 한 단계 올리기 위해서 마스터교육과정을 이수할 수 있다. 이 그랜드 알리앙스호의 분야별 책임자들은 모두 마스터교육과정을 이수한 마스터들로 구성된다. 특히 그랜드 알리앙스호의 분야별 책임자 선출방식은 해당 분야에 국한된 전문가들의 추천 및 공개선거로 이루어지는 직간접 선거의 혼용형태로서, 만약 선출된 책임자들에게 비위 행위 등의 문제가 발생하면 그에 따르는 책임의 경중은 직급 및 선출과정의 참여도에 따라서 달라지겠지만, 원칙적으로는 당사자 및 추천자 그리고 지지자들이 함께 짊어져야 한다.

그랜드 알리앙스호 전체 구성원들의 행동을 통제하고 조율하는 법률은 직급의 고하를 막론하고 누구라도 공감하여 따를 수 있는 원칙을 세워서 따르게 하자는 데 있다. 따라서 법률은 가장 원론적인 내용만을 담고 있을 뿐 세부사항에 대해서는 구체적으로 언급되어 있지 않은데, 이는 무엇보다 과거의 역사를 통해서 법률과 제도가 지나치게 복잡하고 세분화될수록 야기되는 문제점들이 오히려 더 커진다는 사실을 깨달았기 때문이다.

하천 상류에 썩은 동물의 사체가 방치되어 있어서 하류의 물이 오염되었다면 우리는 어떻게 해야겠는가? 끊임없이 하류에 정화조들을 건설하여 물을 정화시키는 것과 상류의 동물 사체를 치우는 것, 이 중에서 어떤 것이 문제의 원인을 근본적으로 제거할 수 있는 궁극의 해결책이 되겠는가?

문제의 근본적인 원인을 찾아서 제거하지 않고 자꾸 임시방편으로 법과 제도를 세분화해나가기만 하면, 구성원들은 눈앞의 형벌만을 의식하여 피하려 들 뿐 정작 부끄러운 마음을 갖지는 않게 된다. 그러면 지도부에서는 더욱 구체화되고도 세분화된 법과 제도를 만들어 구성원들을 통제하려 들게 될 것이고, 구성원들은 이에 더욱 얕은 꾀를 부려서 그것만 피하려 들게 된다. 이러한 악순환이 반복되면 법과 제도는 눈덩이처럼 불어나 감당할 수 없는 지경에 이르고, 유사한 사안에 대해서도 서로 다른 판결이 내려지게 되는 등의 모순이 생겨 구성원들의 불만을 야기하게 된다. 또 그렇게 되면 결국 구성원들은 그 법률과 제도를 신뢰하고 따르지 못하게 되는 것이다. 따라서 그랜드 알리앙스호의 법률은 가장 원론적이고도 필수적인 내용만을 담고 있다.

조우

1. 살인자는 사형에 처한다. 다만 예기치 못한 우발적 살인 사건인 경우, 종신토록 피해자 가족들에게 봉사한다. 피해자의 가족이 없는 경우, 정부에 봉사한다.

2. 타인의 정신 및 신체를 상해한 자는 그에 상응하는 배상을 하도록 한다. 구체적인 금액은 배심원들의 판결에 따른다.

3. 타인의 소유물을 훔친 자는 그 소유물 가치에 상응하는 기간 동안 소유주에 봉사하거나, 소유물 가치의 20배를 배상한다.

4. 기타 위법 사안은 벌금형을 처분하는데, 경중에 따라 1년 급여의 30% 이상 70% 이하로 정한다. 구체적인 금액은 배심원들의 판결에 따른다.

특히 벌금형은 직급 및 급여 수준에 따라 비율을 달리함으로써, 지도자계급으로 갈수록 그 책임이 더욱 커지는 '노블레스 오블리주'의 정신을 강조하고 있는데, 이는 아무리 원칙을 중시하고 법률과 제도가 누구라도 공감할 수 있는 범위 내에서 세워진다고 하더라도, 지도자가 먼저 준수하지 않으면 그 아래의 구성원들이 진심으로 따르지 않기 때문이다.

그 결과 근 500여 년 동안 이 그랜드 알리앙스호에서는 단 한 건의 범죄도 발생하지 않게 되었으니, 이것이야말로 지구에서 살았던 옛 선조들이 전해준 '세상이 안녕하여, 형벌을 시행했지만 쓸 일이 없었다'라는 태평성대의 상황이 아닐까?

그랜드 알리앙스호에는 그 주된 구성원인 인류를 제외하면, 산소를 생성시키는 참나무와 소나무를 포함한 식물류 그리고 식품가공용 육류를 제공하는 소, 돼지, 닭, 오리 각 5쌍의 생명체만이 존재한다. 동물들의 개체 수를 통제하는 이유는 그랜드 알리앙스호의 한정된 공간적 이유도 있지만, 보건 위생 유지 및 산소의 낭비를 막기 위한 이유도 있다. 연구진들은 정기적으로 각 동물들에서 조직 세포를 조금씩 떼어내고, 이를 세포복원기로 재생산하여 식품 재료로 제공하고 있다.

5

그랜드 알리앙스호 내부에 전체 방송이 울려 퍼지기 시작했다.

"이제 지구는 화성과 곧 충돌하게 됩니다. 만일의 안전사고에 대비하기 바라고, 지금부터 그 과정을 실시간으로 중계해 드리겠습니다."

그러자 함선 내부의 상단과 하단 곳곳에 비치되어 있는 모니터들이 일제히 그 모습을 드러냈고, 잠시 후 한 달 전 발사한 ER-20을 통해서 실시간 전송되는 화면이 전체 모니터들을 통해서 동시에 방송되기 시작했다.

　대략 한 달 전, 그랜드 알리앙스호는 만일의 경우 발생할 수 있는 지구와 화성 충돌에 대비해서 최대한 멀리 벗어나려고 비행해왔다. 전문가들의 예상대로 지구는 점점 거리를 좁히더니 결국 화성과 동일한 공전궤도에 오르게 되었는데, 문제는 지구의 공전 속도가 시속 10만 7000km 정도로 음속의 80배가 넘는다는 점이었다. 바꿔 말해서 지구가 화성과 동일한 공전궤도에 오를 때, 이 엄청난 속도로 돌고 있는 지구가 동일한 위치에 온 화성과 충돌할 가능성이 있는 것이다. 그런데 하필 운이 없게도 전문가들의 계산에 의하면, 지구가 화성의 공전궤도에 오를 때 화성이 마치 지구를 맞이해주듯이 그 자리에 있게 된다는 것이었다.

　어마어마한 속도로 공전하는 지구가 점점 화성과 가까워지는 모습이 화면을 통해서도 선명히 드러났고, 이 장면을 모든 그랜드 알리앙스호의 구성원들이 숨죽이며 바라보고 있었다. 주먹을 꽉 움켜진 채로 화면을 뚫어지라 응시하는 이들, 눈시울이 붉어진 채 가족들과 포옹하는 이들, 이루 말할 수 없는 감정에 복받쳐 고개를 숙인 이들, 심지어 충돌장면을 차마 볼 수 없다며 손으로 눈을 가린 이들까지. 모두들 저마다의 참담한 마음을 부지불식간에 몸으로 드러내며, 지구와의 마지막 작별을 준비하고 있었다.

"충돌까지 3초 전, 2초 전, 1초 전, 충돌!"

지구가 화성과 충돌하면서 둥근 원형의 모습이 점차 일그러지기 시작했다. 함장은 중앙통제센터에 서 있는 채로, 그리고 최고 지도자회의 의장은 의장실에 앉아 있는 채로 역시 같은 장면을 바라보고 있었다. 이루 말로는 다 형용할 수 없는 참담한 표정을 짓던 의장은, 갑자기 자기도 모르게 너무나도 오랫동안 잊고 있었던 옛일들을 회상해내기 시작했다.

6

공통교육과정 역사과목 시간. 의장은 학생 시절 역사수업을 무척이나 좋아했는데, 어쩌면 수업을 통해서 당시로써는 도저히 상상할 수조차 없는 아주 오래된 지구를 여행할 수 있었기 때문이었는지도 모른다.

"오늘은 그랜드 알리앙스호의 전신(前身)이 되는 일루전호의 탄생 배경에 대해서 설명하도록 하겠습니다. 지구력 21세기 당시의 지구는 230개국 정도로 분할되어 있었습니다. 이러한 국가들은 위치한 대륙에 따라서, 다시 크게 미주, 아시아, 유럽, 아프리카 그리고 오세아니아주로 나눌 수 있었지요."

역사과목 담당 선생님은 해박한 지식으로 복잡하기만 한

조우

과거 지구의 역사에 대해서 쉽게 풀어서 설명해주셨다.

"당시 국토면적과 경제력 그리고 군사력을 표방한 이른바 강대국이라고 불리던 몇몇 국가들은 희토류라는 희소한 자원 확보를 위해 열을 올리게 되었고, 희토류가 매장된 영토를 보유하기 위해서 무단으로 침공하거나 심지어 상대방 국가의 입장이나 의사는 고려하지 않은 채 자체적으로 방공구역을 정하여 선포하기에 이르렀습니다. 그 결과 이웃 나라들과 방공구역이 중복되는 결과를 초래하게 되었고, 이에 중복된 방공구역의 소유권을 주장하는 국가 간에 무력 충돌이 빈번하게 발생했습니다."

옛 지구에서는 국가들의 위치에 따라서 크게 동양과 서양으로 나눴다고 한다. 특히 동양에 있던 중국이라는 나라에는 그보다 훨씬 오래전에 '성인군자'라고 불리는 몇몇 철인(哲人)들이 있었는데, 이들 중 노자라고 불리는 인물은 "큰 나라는 작은 나라에게 낮춤으로써 작은 나라가 따르게 하고, 작은 나라는 큰 나라에 낮춤으로써 큰 나라의 지지를 얻는 것이니, 서로 삼가여 존중해야 한다. 따라서 상대방에게 낮춤으로써 오히려 따르게 하고, 상대방에게 낮추지만, 오히려 지지를 얻게 된다."는 말을 했다고 한다.

"이 과정에서 서양의 강대국인 미국이라는 나라가 기존의 동양에서의 주도권을 뺏기지 않기 위해서 우방 국가인 한국과 타이완 그리고 일본을 보호한다는 명분으로 항공모함을 파견하였고, 이에 맞서서 동양의 신흥 강대국인 중국 역시 항공모함을 발진시키게 됩니다. 하지만 물리적 충돌을 최대한 피하기 위해서, 미국과 중국은 정기적으로 소수의 전투기만을 발진시켜 초계비행에 나서게 했죠. 그러던 어느 날 조종사들의 실수로 미국과 중국 전투기가 충돌하는 일이 발생했고, 바로 이 사건을 계기로 지구는 중대한 전환점을 맞이하게 됩니다."

미국과 중국의 군사 당국은 서로 상대방에게 사과할 것을 요구함으로써, 그저 모든 일의 발단을 상대방의 탓으로 돌릴 뿐 한 치도 물러서지 않는 모습을 보였다고 한다.

"그런데 여기서 설상가상으로, 당시 미국과 중국의 민감한 사안이었던 타이완 정부가 공식적으로 미국을 지지함으로써, 중국의 전국적인 공분을 사게 되죠. 이에 중국은 타이완에 대규모 군대를 파견하고, 미국은 이를 저지하기 위해서 결국 무력충돌조차 불사하게 됩니다. 하지만 한동안 대등할 것처럼 보였던 이 두 나라의 기 싸움은 의외로 나흘 만에 미국의 우세로 조금씩 기울게 되고, 또 그로부터 일주일 후 미국의 항공모함은 중국의 따롄항을 점령하게 되죠."

문제는 미국이 왜 군이 따롄항에 입항했느냐에 있는데, 이 계획에는 미국이 이참에 복병이었던 러시아마저도 견제하려는 의도가 다분히 섞여 있었던 것이다. 하지만 러시아가 그런 미국의 생각을 읽지 못할 리가 없었고, 그 덕분에 자극을 받은 러시아는 오히려 한동안 관계가 뜸했던 중국과 적극적으로 손을 잡고서 레닌주의 수호라는 명분으로 연합전선을 형성하게 되었던 것이다.

"중국과 러시아의 강력한 연합군이 탄생하자 처음에는 멀리서 관망하던 EU라고 불렸던 유럽연합이 미국을 지지하게 되었고, 이에 혹시나 하고 우려했던 최악의 시나리오 즉 사회주의연합군과 민주주의연합군이라는 어마어마하게 큰 두 덩치의 편 가르기 전쟁이 발발하게 된 것입니다."

큰 나라를 통치하는 것은 마치 작은 생선을 굽는 것과도 같이 신중에 신중을 기해야만 한다. 만약 작은 생선을 급하게 익히려 들면 태우기 십상이므로, 천천히 세심하게 구워야 골고루 익힐 수 있는 것이다. 따라서 규모가 큰 나라를 다스림에 있어서 섣불리 달려들게 되면 마치 생선이 타버리는 것처럼 일을 그르칠 수 있기 때문에 신중에 또 신중을 기울여야 하니, 이러한 자세로 나라를 다스리면 간사한 계략이 통하지 않는다.

"당시 지구에서는 핵무기를 보유함으로써, 자국의 과학기술과 군사력을 증명하려는 추세가 있었습니다. 그런데 이른바 민주주의연합군에는 핵무기 최다보유국인 미국을 위시하여 영국 그리고 프랑스가 속해 있었고, 사회주의연합군에는 러시아와 중국 파키스탄이 속해 있었죠. 인도는 처음에는 중립국을 선포했지만, 중국의 끊임없는 회유에 결국 사회주의 연합군을 지지하게 되었고, 이를 지켜보던 이스라엘은 그간 자신들이 핵무기를 보유하고 있지 않다는 유보적인 자세에서 벗어나 핵무기 보유를 정식으로 선포하고 민주주의 연합군에 가입하게 되었습니다."

4:4의 팽팽한 균형을 유지함으로써 조심스럽게 상대방의 변화를 지켜보던 양측은, 소규모 국지전만으로 서로의 자존심을 겨우겨우 지키고 있었다. 하지만 어느 쪽이든 조금만 불리해지면 바로 핵무기를 사용할 수 있는 일촉즉발의 상황. 그러던 어느 날, 그 완벽한 균형 한 쪽에 거위 털 하나가 떨어지고 말았다. 아니 이런 경우에는 거위 털이라기보다는 차라리 돌멩이 하나가 떨어져서 모든 분위기를 엉망으로 만들었다고 표현하는 것이 더 어울리리라.

EU에서 가장 큰 영향력을 발휘하던 독일이 느닷없이 일순간에 영국과 프랑스를 공격하여 점령하고는, 스스로 핵무기 보유국임을 선포하고 사회주의연합군에 가입해버린 것이다.

"당시 독일 대통령은 사회당 소속으로, 내심 독일을 사회주의 국가로 탈바꿈하려는 의도를 지녔다고 합니다. 그렇다면 독일 대통령은 왜 이리 급작스럽게 그 본심을 드러낸 것일까요? 지금으로써는 정확하게 알 수 없지만, 아마도 당시 러시아 대통령이 독일 대통령에게 희토류나 우주과학기술 이전

등 모종의 거래를 제안한 것으로 추측하고 있습니다."

보기 좋게 뒤통수를 맞은 미국은 코너에 몰린 것처럼 심각한 위기의식을 느끼게 되었고, 또 마치 제2차 세계대전을 다시 연상케 하는 속도로 빠르게 주변국들을 잠식해가는 독일에 심한 배신감을 느끼게 되었다.

"결국, 미국은 독일 심장부에 회심의 일격을 가하기로 결정합니다. 어느 고요한 새벽 베를린에 커다란 섬광이 번쩍이게 된 것이죠."

하지만 이는 다이너마이트 도화선에 불을 붙인 꼴이 되고 말았다. 물론 미국이 예상했던 것보다도 훨씬 더 큰 다이너마이트에. 아군이 당하자 러시아는 미국에 핵무기 한 발을 선물했고, 독일 역시 영국과 프랑스에 핵무기 하나씩을 미국으로 보내 화답했다. 그리고 러시아와 독일의 협공에 주요 도시 세 곳을 잃은 미국은 이성을 상실하여 세계 핵전쟁을 시작하게 되었던 것이다.

"이 핵전쟁으로 미국과 러시아가 가장 많은 피해를 입게 되고, 중국과 인도 파키스탄 역시 적잖은 피해를 봤습니다."

대륙에서의 피해도 피해지만, 다수의 해안에 있는 원자력 발전소 상당수가 그로 인해서 파괴되었다. 곳곳의 원전 방사능 물질이 다량으로 바다에 유입되더니 처음에는 기형 물고기가 발견되었고, 점차 사람들이 해산물을 전혀 먹지 못하는 사태가 발생했으며, 머지않아 바닷속 생명체가 전멸하여 황폐화되었다.

"피폭지는 불모지로 변했고 그곳의 방사능이 기류를 타고 확산되자 지구는 점차 폐허가 되었습니다. 결국, 인류가 살 수 있는 곳은 몇몇 지역으로 한정된 거죠."

살아남은 인류는 본능적으로 생존이 가능한 지역으로 몰려들게 되었다. 그리고 생활하는 데 있어 서로 다른 언어의 장벽을 해결하기 위해서 가장 보편화된 영어를 공용어로 쓰기 시작했는데, 워낙 다양한 나라의 사람들이 모인 데다가 영어를 모국어로 쓰는 이들보다 그렇지 못한 사람들 숫자가 월등히 많았기 때문에, 그들의 영어는 점차 자기네들의 편의에 맞는 방식으로 변형되었다. 심지어는 발음과 문법 그리고 단어의 스펠링조차도.

"이것이 바로 우리 언어인 '엥글로브'의 태동이 되는 것입니다."

'엥글로브(ENGLOBE)'는 영어 'ENGLISH'와 세계 'GLOBE'의 합성어였던 것이다.

조우

7

두 거대행성의 충돌로 발생한 섬광의 여파는 한동안 지속되었다. 의장은 모니터를 통해서 실시간 전송되는 그 처참하다 못해 아름답기까지 해 보이는 섬광을 잠시 응시하더니, 다시 과거 역사수업으로의 시간 여행을 계속하기 시작했다.

"더 이상의 핵무기 사용은 자칫 멸망을 초래할 수도 있다는 전문가들의 조언이 있었거니와 심지어 각국 지도자들 역시 그 의견에 공감하고는 있었지만, 국가적 체면과 자존심 때문이라도 이미 시작된 전쟁을 어느 한 쪽이 먼저 멈출 수는 없는 상태였습니다."

따라서 핵전쟁이 극한으로 치달을 무렵, 사태의 심각성을 깨달은 각국의 정치 및 경제 수뇌들은 은밀하게 수차례의 비공개회의를 열었다고 한다. 결국, 그들은 만일의 지구 대재앙에 대비해야 한다는 결론에 도달하였고, 이에 각국에서 투자를 받아 대규모의 ISS(International Space Station) 즉 국제우주정거장을 제작하기로 했는데, ISS에 투자하는 사람들을 우선적으로 탑승시킨다는 조건을 내세웠기 때문에 각국 상류층의 높은 관심과 지지를 받게 된 것이다.

"그렇게 지구에서는 핵전쟁을 벌이는 한편 각국 수뇌부들의 긴밀한 공조 하에 고도 400km 부근에 ISS를 건설하게 되었고, 국제우주정거장을 일루전(Illusion)호라고 명명하게 되었죠. 그리고 그곳에는 국가 개념이 사라진 지금 그랜드 알리앙스호의 최고 지도자회의 초기형태인 연방정부가 설립된 겁니다."

일루전호가 완성되자, 제작에 투자한 전 세계 1% 미만의 상류층들은 일루전호에 탑승하여 호화롭고도 안락한 삶을 영위하게 되었다. 하지만 그러지 못하여 지구에 남게 된 잔여 인류는 일루전호와 완전히 동떨어진 삶을 살게 되었고, 이에 그들은 근근이 하루하루의 생명을 유지하기 위해서 일루전호의 명령에 따르는 노동자, 아니 엄밀히 말해서 노예의 길을 걷게 되었던 것이다.

"일루전호와 지구로 양분된 지배계급과 피지배계급의 사회구조는 지금 그랜드 알리앙스호의 관점에서 봤을 때는 대단히 어색한 아니 이해할 수 없는 것이었지만, 또 그 나름대로 서로의 필요에 의해서 두 톱니바퀴가 맞아떨어져 잘 돌아가는 듯했습니다. 하지만 이러한 순조로운 상황도 그리 오래가지는 못하게 됩니다."

일루전호에 우선적으로 탑승하게 된 전 세계 1% 미만의 정계와 재계 상류층들은 남은 빈자리를 누구로 채울 것인지에 대해서 심도 있게 상의했고, 그들의 의견은 대체로 일치했다. 바로 자신들의 지적인 부분과 기술적인 부분의 공백을 메워줄 전문가들, 그리고 상명하복(上命下服)의 체계적이고도 물리적인 통제를 가능하게 하는 직업군인들이었던 것이다.

"여러 나라에서 선발된 각 학문과 기술 분야의 최고 권위자들은 곧 인류의 미래에 대해서 대책회의를 열게 됩니다. 그러던 어느 날, 지질학자들은 우연히 지구의 지표면에 미약하나마 이상한 조짐들이 보이고 있음을 발견하게 되죠."

일루전호 연방정부는 앞으로 지구에 의존할 수 있는 기간이 얼마 되지 않음을 확인하고, 장기적으로는 새로운 행성을 찾아야 한다고 판단하게 되었다. 따라서 그들은 정거장 형태로 지구에서 400km 떨어진 고도에 머물러 있는 일루전호에 발사 추진체를 장착하여, 궁극적으로는 우주를 항해할 수 있는 우주선으로 개량하기로 결정하게 되었다. 이에 연방정부는 지구에 체류하는 인류를 더욱 착취하여 필요한 광물인 희토류 채취에 열을 올리게 되고, 일루전호는 서서히 우주항해선으로 그 모습을 탈바꿈하기 시작했다.

"하지만 완벽한 비밀은 없다고 하지요."

머지않아서 사람들 사이에서는 지구의 수명이 거의 끝나가며 일루전호가 곧 우주항해를 시작한다는 소문이 급속도로 퍼지게 되었고, 이 소문이 돌면서 지구에 잔류한 사람들은 점차 불안한 마음을 감추지 못하기 시작했다. 더군다나 갑작스레 강도가 높아진 저임금 노동의 학대는 이들로 하여금 소문이 단순히 소문에 그치는 것이 아니라는 믿음을 갖게 하였다. 게다가 노동에 시달리면서도 저임금으로 인해 병들고 지친 몸을 제대로 치유할 수조차 없게 되자, 드디어 극도로 차별화된 사회에 불만을 품게 된 것이다.

"이미 한 번 버림을 받았는데 또다시 버림을 받게 되어 그 존재조차도 사라질 위기에 처한 지구 잔존 인류는 결국 그 쌓아두었던 분노를 일시에 터뜨리게 됩니다."

일루전호에서 간과한 것은 두 가지였다. 하나는 일루전호에 탑승하게 된 이들 가운데에도 아직 양심이라는 것이 남아 있어서, 이를 선택이 아닌 차별이라고 생각하는 사람들이 소수나마 섞여 있었다는 점이다.

그리고 또 하나는 다름 아닌 지구에 잔류한 인류 가운데에도, 일루전호에 탑승하도록 선택된 이들만큼이나 명석한 두뇌와 안목을 가지고 미래를 예측할 수 있는 전문가들이 있었다는 점이다. 그들은 어느 한 고정된 시각에서 바라본 최고 권위자 집단에 선발되지 못했을 뿐, 그것이 결코 객관적으로 그들의 실력이 일루전호에 탑승하도록 허락된 전문가들보다 모자라거나 뒤처진다는 것을 의미하지는 않았기 때문이다.

조우

8

김찬주 박사는 퇴근 후 자가용을 몰고 곧바로 집으로 향했다.

"여보 나 왔어."

"네, 어서 옷 갈아입고 나오세요. 저녁 식사 준비가 거의 다 되었어요."

김 박사는 방으로 돌아가 간편한 복장으로 갈아입고 나와 식탁에 앉았다. 이제 7세가 된 아들과 두 살 터울의 5세 딸은 아빠가 왔다며 연신 식탁 주위를 개구리처럼 팔짝팔짝 뛰어다니며 쉬지 않고 장난을 치고 있었다.

"조심, 조심. 자 음식이 다 나왔으니, 이제 모두 자기 자리에 앉아요!"

아내가 식탁에 찌개를 올리며 말하자, 모두들 식탁에 모여 앉았다. 도란도란 이야기꽃을 피우며 무르익어가는 분위기 속에서, 김 박사는 잠시 그윽한 눈빛으로 아내와 아이들이 식사하는 모습을 바라보더니, 불현듯 아까 낮에 있었던 일을 생각하기 시작했다. 점심 후 자판기 앞에서 커피 한 잔을 뽑고 있는데, 우연히 동료인 설 박사가 다가와 말을 걸었던 것이다.

"김 박사, 그 소식 들었어?"

"응? 무슨 소식?"

설 박사 역시 자판기에 동전을 넣고, 커피 한 잔을 뽑더니 다시 말을 이어갔다.

"좋은 소식과 나쁜 소식이 있는데, 어느 것부터 들을래?"

김 박사는 잠시 뭔가를 생각하더니, 곧바로 대답했다.

"뭐, 나쁜 소식부터 들어볼까? 결국, 맨 마지막에 기분이 좋아지는 게 차라리 나을 것 같은데?"

"나쁜 소식은 얼마 전 중국에 떨어진 핵폭탄의 먼지가 그동안 우리나라에 거의 날아 오지 않았는데, 이제 곧 시베리아 기단의 영향으로 우리나라에까지 오게 될 거라는군."

그 말에 김 박사의 표정이 순간 굳어지는 듯했다. 하지만 그러한 표정을 들키지 않으려고, 애써 무덤덤하게 다시 물었다.

"그럼, 좋은 소식은?"

"언젠가 얘기한 적 있었지? 내 친구 하나가 노르웨이 대기연구소에서 일하는데, 어제 그 친구가 메일 한 통을 보내왔더라고."

"아, 그래! 이름이 뭐였더라? 카말? 타말?"

"카말."

그 말을 들은 순간 김 박사의 표정이 밝아졌다. 역시 자기의 기억력이 녹슬지 않았다는 생각을 하는 것 같았다. 하긴 꽤 오래전에 회식자리에서 잠시 스치듯 나온 말인데도 기억

조우

하고 있으니, 그런 느낌이 들 법도 하지만. 김 박사는 메일 내용이 궁금해져서, 이내 재촉했다.

"그래, 맞다. 카말! 메일에 뭐라고 쓰여 있었는데?"

"지금까지 터진 핵무기 여파로 지구 북반구는 거의 폐허가 될지도 모른다더군."

"뭐야? 그게 좋은 소식이야?"

다시 표정이 어두워진 김 박사의 얼굴을 본 설 박사는 당황하여 서둘러 말을 이어갔다.

"아니, 내 말은 북반구는 폐허가 될 가능성이 높지만, 상대적으로 남반구 특히 남회귀선 부근은 안전할 수도 있다는 거야!"

설 박사와의 대화를 마친 후, 다시 자신의 연구실로 돌아온 김 박사는 앉자마자 컴퓨터로 인터넷에 들어가 남회귀선을 검색하기 시작했다.

"남회귀선은 오세아니아의 중부, 칠레 안토파가스타 및 남아메리카를 가로질러 브라질의 상파울루, 서남아프리카 칼라하리사막을 횡단하여 모잠비크의 남부를 통과한다."

검색한 내용을 혼자 중얼거리면서 읽던 김 박사는, 문득 그렉 스미스(Greg Smith)를 떠올렸다.

9

세계지질학회에서 2년마다 주최하는 지질학술대회에 정기적으로 참가해온 한국지질자원연구원의 김찬주 박사는 10년 전 한국 서울의 한 호텔에서 열린 학술대회 때「한반도 희토류의 경제성」이라는 제목으로 논문을 발표한 적이 있다. 그는 이 논문에서 남한의 충주와 홍천에 15만 톤 정도의 희토류가 매장되어 있고, 북한의 정주에도 10억 톤 정도가 매장되어있을 가능성을 제기했는데, 특히 북한의 희토류는 전희토산화물(Total Rare Earth Oxide) 즉 트레오(TREO) 함량인 품위(grade)가 4,800만 톤 정도라고 추정했다. 당시 김 박사의 논문은 학계의 지대한 관심을 받았는데, 바로 이때 김 박사의 이론에 이의를 제기했던 인물이 호주 멜버른대학의 그렉 스미스 교수였던 것이다.

희토류는 매장량도 중요하지만, 그보다 더 중요한 것이 트레오다. 희토류는 분리 정제가 어려워서 개발이 쉽지 않은 단점이 있으므로, 만약 트레오 함량 즉 품위가 낮으면 이를 상품화하다가는 자칫 배보다 배꼽이 더 커질 수 있는 것이다. 그렉 교수는 남한 내 희토류는 대부분이 트레오 0.1% 이하로 경제성이 거의 없을 가능성이 매우 높고, 북한의 희토류 역시 트레오가 그리 높지는 않을 것이라며 반박했다.

김 박사와 그렉 교수는 오랫동안 공방을 벌이다가, 정해진 토론시간 때문에 매듭을 짓지는 못했다. 그리고 이 둘은 마치 약속이나 한 듯이, 만찬 때 다시 한 테이블에 앉아서 공방을 계속했다. 만찬 장소에서의 공방은 학술대회 장소이자 그렉 교수 숙소인 호텔 부근 조촐한 횟집에서의 2차로 이어졌고, 결국 둘은 밤을 지새우며 소주잔을 기울였던 것이다. 그리고 이튿날, 두 사람은 그렉 교수의 침대에서 숙취로 인해 머리를 감싸며 함께 일어났다.

그 다음 날 그렉 교수는 한국을 떠나 호주로 돌아갔고, 며칠 후 김 박사에게 이메일을 보내 소주 한 박스를 보내달라고 요청했다. 그렇게 두 사람의 인연은 시작되었고, 지금까지도 계속 1년에 한 차례씩 소주 한 박스를 보내주는 절친한 사이가 된 것이다. 그렇게 깊은 회상에 잠긴 김 박사에게 아내가 물었다.

"오늘 무슨 일 있었어요?"

아내의 한 마디에 다시 정신을 차린 김 박사는 입가에 살짝 다소 억지인 듯한 미소를 지으며 말했다.

"아니, 아무것도 아냐. 어서 식사하자고."

식사를 마치고 아이들에게 책을 읽어주고 있을 무렵, 김 박사의 휴대 전화기가 울리기 시작했다.

"응? 저녁 8시가 넘었는데 누가 전화한 거지?"

김 박사가 휴대 전화기 화면을 보니, 발신자가 입력되지 않은 모르는 번호였다. 김 박사는 잠시 망설이다가 휴대 전화기를 받았다.

"여보세요?"

"한국지질자원연구원의 김찬주 박사십니까?"

"네, 그렇습니다. 실례지만 누구시죠?"

"여기는 청와대입니다. 김찬주 박사님이 저희가 실시한 조사에서 지질학 분야의 최고 권위자로 선정되어 연락드리는 겁니다."

"네? 청와대요?"

"네 그렇습니다."

청와대라는 소리에 갑자기 긴장한 김 박사는 머리가 멍해졌다.

"무, 무슨 조사죠? 뜬금없이 최고 권위자라니요? 도대체 누가 선정한 것이고, 또 선정기준이 뭐죠? 저는 들은 바가 전혀 없는데요? 또 선정되었다는 건 무슨 소리인가요?"

갑작스러운 전화에 머리가 온통 엉망이 되어버린 김 박사는 계속해서 질문했다. 그러자 한동안 말없이 듣고 있던 상대방이 다시 입을 열었다.

"이 전화를 받고 다소 당혹스러우실 것으로 압니다. 아마 그런 것도 무리는 아니겠지요. 하지만 전화로 알려드리는 것만이 제 임무일 뿐, 자세한 내용은 저 역시 잘 모릅니다. 내일 오전 9시까지 가족들과 함께 이곳 청와대로 오시면, 담당자가 자세히 설명해드릴 겁니다."

"네? 느닷없이 내일 9시까지 청와대로 오라고요?"

"네. 맞습니다. 가족으로는 사모님과 아드님 한 분 그리고 따님 한 분이 맞으시죠?"

"네, 네? 아니, 그건 또 어떻게……."

"그럼 시간 꼭 준수해주시고, 내일 뵙겠습니다."

"여보세요? 여보세요?"

"뚜~"

김 박사는 한참 동안 멍한 표정으로 그저 휴대 전화기만을 응시하고 있었다.

10

청와대 부근. 운전하던 차를 갓길에 대고 멈춘 김 박사는 잠시 아내를 한 번 쳐다보더니, 차내 백미러를 통해서 아들과 딸을 번갈아 쳐다보았다. 이른 시간부터 재촉하느라고 단잠을 깨웠던 탓인지, 아이들은 오는 내내 차 안에서 꿈속을 헤매고 있었다. 김 박사는 이내 다시 길을 재촉해서 청와대 입구에 도착했다.

"무슨 일이십니까?"

"아, 네. 오늘 오전 9시까지 청와대로 오라는 전화를 받았습니다."

"소속과 성함을 말씀해주십시오."

"한국지질자원연구원의 김찬주 박사입니다."

무표정에 딱딱한 어투, 그리고 단답형으로 묻는 말에, 김 박사 역시 자기도 모르게 얼떨결에 무표정에다 똑같은 어투의 단답형으로 대답해버리고 말았다. 그 사람이 명단을 살피고는 누군가에게 연락하더니, 잠시 후 문이 열렸다.

김 박사가 차를 몰고 들어가자, 잠시 후 앞에 서 있던 검은색 정장 차림의 한 건장한 남성이 수신호를 보내 저쪽에 차를 세우라고 했다. 김 박사는 차를 세우고 아직 단잠에 빠져 있는 두 아이를 흔들어 깨웠다.

"다 왔다. 어서 들어가자."

눈을 비비며 연신 하품을 하는 두 아이를 이끌고 건물 안으로 들어가자, 또 다른 검은 정장 차림의 남성이 회의실로 안내했다. 회의실로 들어가자 이미 적잖은 사람들이 앉아서 김 박사의 가족이 들어오는 모습을 물끄러미 바라보고 있었다. 김 박사는 다소 어색한 표정으로 주위를 대강 둘러보았는데, 몇몇 낯익은 얼굴들이 눈에 띄었다. TV를 통해서나마 얼굴이 잘 알려져서 단 번에 누구인지 대충 알아차릴 수 있을 정도로 유명한, 주로 대담프로그램을 통해서 이름을 날렸던 이른바 스타 전문가들이었다. 그 옆에 앉아 있는 사람들은 아

조우

마도 그들의 가족들인 것으로 보였다.

김 박사와 가족들이 빈자리를 찾아가 앉고서는 어색한 표정으로 잠시 회의실을 둘러보고 있는데, 누군가 마이크로 말하기 시작했다.

"이제 모든 분들이 도착했으니, 바로 시작하도록 하겠습니다. 구체적인 설명은 비상대책위원회 부위원장께서 해주시겠습니다."

회의실 앞문이 열리더니, 이윽고 누군가 들어와서는 마이크를 잡고 말하기 시작했다. 다소 왜소한 체구였지만, 무테의 안경으로 인해서 좀 차가운 인상의 소유자였다.

"안녕하십니까, 저는 비대위의 이석영 부위원장입니다. 시간 관계상 간략하게 말씀드리자면, 여러분들은 각 분야의 최고 전문가로서 추천을 받아 최종적으로 선택된 사람들입니다. 그리고 여러분들의 가족들도 동행하게 됩니다. 저희는 여러분들이 정부위탁사업으로 인해서 다른 곳으로 발령받아 떠난다고, 이미 여러분들의 각 직장에 통지했습니다. 잠시 후인 10시에 우리는 서울공항으로 출발하여, 그곳에서 비행기로 러시아와 중국의 접경지역인 '블라고베센스크'까지 이동하게 됩니다. 그리고 그곳에서 왕복선을 타게 됩니다. 그럼, 일루전호에서 다시 뵙겠습니다."

이석영 부위원장이 떠나자, 회의실 여기저기서 웅성거리는 소리가 들렸다.

"정부위탁사업이라니, 무슨 뚱딴지같은 소리야?"

"당신, 전근 가는 거예요?"

"아빠, 우리 이사 가는 거야?"

"왜 진작 말하지 않았어요?"

"아냐, 나도 지금 처음 듣는 소리야!"

"이게 도대체 어떻게 된 영문이야?"

"가만, 전화 좀 해봐야겠어!"

회의실이 갑자기 술렁거리더니 점차 그 소리가 커지자, 다시 아까 마이크를 처음 잡았던 사람이 말하기 시작했다.

"모두들 진정해주세요. 지금 이 회의실 공간은 인위적으로 전파를 차단한 상태이므로, 현재로써는 통화가 불가능합니다."

잠시 사람들의 시선이 앞으로 집중되자, 그가 계속해서 말했다.

"저는 비상대책위원회 학술분과의 부팀장 배은상입니다. 방금 이석영 부위원장님의 발언으로 인해서, 여기에 계신 모든 분들이 몹시 혼란스러울 것이라는 점은 저희 역시 충분히 이해하고 있습니다. 다만 지금 이 자리를 통해 그 모든 정황을 일일이 다 설명드릴 수 없는 점에 넓은 양해를 부탁드립니다. 다행히 출발 시각인 10시까지는 약간 시간이 남아 있으므로, 개략적으로나마 말씀드리죠."

순간 회의실은 적막에 휩싸였다.

"여러분들도 우려하셨겠지만, 실제로 우리가 지구에 머무를 수 있는 기간은 그리 길지 않을 것으로 예측하고 있습니다. 따라서 세계 각국의 정상들은 이 점을 우려하여, 그동안 공동으로 지구를 대체할 수 있는 ISS, 즉 국제우주정거장을 제작하기로 했습니다. 이 국제우주정거장의 이름이 바로 일루전호인데, 여기에는 우선적으로 제작에 투자한 세계 각국의 투자자들이 탑승하게 되고 나머지는 각 분야의 전문가들 및 군인들 그리고 그들의 가족들로 채워지게 됩니다. 그리고 바로 여기 계시는 여러분들이 한국 각 분야의 전문가로 선택된 사람들인 것입니다."

"그럼 바로 지금 떠나야 한다는 건가요? 부모님과 친척들은 어떻게 되는 거죠? 그들에게 말 한마디도 못하고 떠나야 한다는 건가요?"

한 사람이 손을 들더니, 일어나 조용한 목소리로 자근자근 질문하기 시작했다. 김 박사가 고개를 옆으로 돌려 올려다보니, 한때 한 TV의 인문학 강의프로그램으로 한창 유명세를 치렀던 송명준 교수였다.

"네, 유감스럽지만 그렇습니다. 지금 이 상황은 극비리에 진행되고 있는 것이어서, 만약 이 사실이 누설된다면 엄청난 파장을 몰고 올……."

그런데 이번에는 다른 한 사람이 갑자기 자리를 박차고 일어나, 큰소리를 지르며 질문을 하고 나섰다.

"아니 꼭두새벽부터 불러내더니, 이제는 일방적으로 명령에 따르라는 얘깁니까? 이건 말도 안 돼! 가자. 다들 일어나! 여보, 당신도 일어나!"

지지난번 대선 때 독설가로 이름을 떨쳤던 박태현 변호사였다. 여당 베이스캠프에서 일하면서 엄청난 독설로 상대방 공약의 허와 실을 적나라하게 드러낸 반면, 그가 지지하는 후보가 내세운 정책을 논리적이고도 설득력 있게 소개한 덕분에, 야당 후보는 결국 낙마하고 말았다. 그리고 그것을 기회로, 박태현 변호사는 명실상부한 한국의 스타 변호사로 떠오르며 나름대로 부와 명성을 쌓았고 말이다.

"충분히 공감하고 있습니다. 그래서 양해를 부탁한 것이고요. 하지만 그래도 저희의 계획에 동참할 수 없다고 판단한다면, 지금 이 자리를 떠나도 무방합니다. 다만 오늘 있었던 일을 결코 어느 누구에게도 누설해서는 안 된다는 약조를 해주셔야 합니다. 이제 한 번 더 말씀드리죠. 지금 이 순간이 여러분에게 주어지는 처음이자 마지막 기회입니다. 따라서 여러분과 그리고 지금 여러분들 앞에 서 있는 가족들을 다시 한번 생각해주시기 바랍니다. 이제 시간이 다 되었네요. 자, 출발합시다!"

회의실에 있던 사람들이 일제히 일어나서, 군인들의 지시에 따라 어디론가 향했다. 김 박사가 가족들과 함께 그 행렬을 따르면서 힐끗 뒤돌아보니, 박태현 변호사는 잠시 격한 감

조우

정을 주체하지 못하고 그의 아내인 듯한 여인과 서로 언성을 높여가며 무언가 얘기를 주고받더니, 이내 아들로 보이는 한 소년의 머리를 한 번 쓰다듬고는 행렬에 동참했다.

"결국에는 가족도 아내와 자식이 우선인가?"

김 박사가 혼잣말로 중얼거리더니, 다시 가족들과 함께 걸음을 옮겼다.

11

블라고베셴스크 공군기지에 도착한 김 박사 일행. 기지 지하에는 핵무기 폭발에 견딜 수 있도록 설계된 벙커가 있고, 그 안에는 각 나라 국기가 붙어 있는 탑승대기실들이 준비되어 있었다. 김 박사는 복도를 지나며 대기실마다 붙어 있는 국기들을 유심히 살피더니, 뭔가 이상한 점 하나를 발견하고는 걸음에 속도를 내어 앞으로 나아가 배은상 부팀장 곁으로 다가갔다.

"전 세계 사람들이 모두 이 기지를 통해서 일루전호로 가게 되나요?"

"무슨 뜻이죠?"

자신의 질문에 대답하기는커녕 부팀장이 오히려 되묻자,

김 박사는 잠시 머뭇거리다가 대답했다.

"아뇨, 좀 이상한 것 같아서요."

"뭐가 말입니까?"

"저, 이곳 대기실 문에 붙어 있는 국기들이 모두 아시아 국가들뿐이라서 그래요."

"눈썰미가 좋으시군요. 실례지만 어느 소속이신지?"

"저요? 한국지질자원연구원의 김찬주 박사입니다."

"아!「한반도 희토류의 경제성」이라는 논문의 저자시 군요!"

"네? 저를 아시나요?"

"물론입니다. 제가 학술분과 담당 아닙니까? 박사님의 그 논문을 토대로 한국에서 준비한 기획안들이 좀 있는데, 앞으로 박사님이 적잖은 부분에서 애써주셔야 할 것 같습니다."

"아, 네."

"아무튼, 예상하신 것처럼, 이곳 기지는 아시아와 오세아니아만을 관할합니다. 서양 관할기지는 미국과 캐나다의 접경 지역인 '던빌'이라는 곳에 있죠."

"그럼 호주의 학자들도 이곳에서 출발하겠군요?"

김 박사의 질문에 부팀장은 잠시 손목시계를 응시하더니, 다시 말을 이었다.

"네. 혹시 찾고 있는 분이 호주사람인가 보죠? 일단 한국 대기실에 가서 신분 확인 및 물품 수령 수속을 하세요. 어차피 여기 있는 사람들은 모두 같은 왕복선에 승선하니, 곧 확인할 기회가 있을 겁니다."

"아, 네. 고맙습니다."

김 박사는 다시 뒷줄에 있는 가족들에게로 돌아가서 함께 태극기가 붙어 있는 대기실로 들어갔다. 사람들이 한동안 대기실 이곳저곳을 살피다가 서서히 한둘씩 그곳에 마련된 의자에 앉아 있노라니, 잠시 후 안내 방송이 들리기 시작했다.

"이제부터 호명하는 순서대로 앞에 마련된 접수대로 나와 주시기 바랍니다. 나오실 때는 가족 모두가 함께 나오셔야 합니다. 1번 강창현 박사님, 1번 강창현 박사님."

'언제쯤이나 호주 사람들을 만날 수 있을까?'하고 생각하던 찰나에, 안내 방송이 울려 퍼지기 시작했다.

"7번 김찬주 박사님, 7번 김찬주 박사님."

안내 방송에 문득 정신을 차린 김 박사는 가족들과 함께 접수대 앞으로 다가갔다.

"가족이 모두 네 분 맞으시죠? 먼저 모두 옆으로 가서 사진을 찍고, 그다음에 지문과 동공 인식 및 혈액 채취를 마치면, 신분증이 즉시 발급될 겁니다. 신분증은 어떠한 경우에도 반드시 휴대하셔야 합니다. 그런 다음 저기 오른쪽 끝의 붉은 빛이 비치는 문으로 들어가세요."

김 박사와 가족은 접수대 안내원이 설명해준 대로 차례로 신분증을 발급받고는, 오른쪽 끝의 문으로 향했다. 문에 도착하자 또 다른 안내원이 설명하기 시작했다.

"이제 신분증을 이곳에 대고 문으로 들어가면, 탈의실이 있습니다. 한 명씩 차례로 입장하시고 7세 이하는 부모와 함께 들어갈 수 있습니다. 탈의를 마치면 바로 앞에 준비된 멸균실로 들어가서, 마찬가지로 신분증을 대고 전신 소독을 하시기 바랍니다. 소독이 완료되면 반대편 문이 열리는데, 거기에는 사이즈별로 분류한 우주복들이 준비되어 있으니, 각자 적합한 크기의 복장을 골라 착용하시기 바랍니다."

"그럼 지금 입는 옷들은 다시 입을 수 없는 건가요?"

김 박사의 아내가 묻자, 안내원이 대답했다.

"네 그렇습니다. 옷가지를 포함하여 안경 지갑 손목시계 지갑 장신구 등 모든 소지품들은 일루전호의 방역과 안전을 위해서 이곳에서 소각됩니다. 기념사진 등 보관해야 할 자료들은 지금 저희에게 주시면, 바로 데이터로 전환하여 신분증 메모리로 전송해드리겠습니다."

그러자 김 박사가 난처한 표정으로 물었다.

"안경도요? 아니, 앞이 안 보이면 어떡하라고요?"

"우주복마다 통신용 이어셋이 갖춰져 있습니다. 그 이어셋의 버튼을 누르면 고글이 나오는데, 고글의 도수를 조정하면 안경으로 사용하실 수 있습니다."

김 박사는 아내와 딸을 먼저 들여보내고, 잠시 후 입장 표시등에 불이 들어오자 아들과 함께 입장했다. 탈의한 후 소독을 마치고 반대편 문을 나서자, 안내원의 말대로 사이즈 별로 분류된 우주복들이 옷장마다 걸려 있었다. 하지만 우주복이라는 것이 그동안 TV를 통해서 봐왔던 복잡하고도 불편해 보이는 것이 아니라, 입고 나니 마치 스판 재질로 만든 은빛의 스키복과도 같이 간편하고도 무척이나 가벼웠다.

"이게 이어셋인가?"

김 박사는 옆에 가지런히 놓여 있는 기계를 하나 들어 귀에 착용했다. 안내원 말대로 버튼을 누르니 투명재질의 필름과도 같은 막이 눈앞을 가려주었는데, 곧 그 막의 위와 왼쪽 부분에는 내비게이션과도 같은 여러 표시가 떠올랐다. 하지만 김 박사는 시력이 좋지 않아서 그 표시가 그저 뿌연 무언가로 밖에는 보이지 않았다.

"이건가?"

버튼을 둘러싼 원형을 위아래로 조절하고 있노라니, 점차 눈앞의 화면이 선명해지기 시작했다. 이윽고 김 박사가 아들과 함께 문을 나서니, 문 앞에서는 이미 준비를 마친 아내와 딸이 그들을 기다리고 있었다.

"너무 정신이 없네요. 뭘 어떻게 해야 할지도 모르겠고."

마치 놀이공원에 놀러 온 듯 멋도 모르고 신 나서 여기저기 뛰어다니는 아이들과는 달리, 김 박사의 아내는 무척이나 당황한 듯 보였다. 남편으로서 마땅히 그런 아내를 달래주어야 하겠지만, 사실 김 박사의 처지 역시 아내와 별반 다를 게 없었으니 고작 아내와 아이들 손을 잡고 주변을 걸으며 살펴보는 것이 할 수 있는 전부였던 것이다. 그리고 잠시 후, 안내방송이 울리기 시작했다.

"모두 왕복선에 탑승하시기 바랍니다."

안내방송이 나오자 사람들이 안내원들의 지시에 따라 차례로 승선하기 시작했고, 김 박사 역시 가족들을 이끌고 그 뒤를 따랐다. 그러던 김 박사는 문득 자신이 놓고 온 자료들이 아직 회사와 집에 있다는 사실을 떠올렸다.

"저, 두고 온 제 자료들은 어떻게 하죠?"

김 박사가 왕복선 입구에서 입장을 통제하던 한 직원에게 물었다. 그러자 그 직원은 잠시 무선호출기로 누군가와 통화를 하더니 대답했다.

"기본적으로 회사 내 컴퓨터에 저장된 자료들은 이미 데이터로 압축해놓았습니다. 만약 집에 있는 컴퓨터에도 그런 자료들이 있다면, 저희가 알아서 처리하겠습니다. 그러니 안심하고 탑승하세요."

이건 엄밀하게 말해서 가택 무단 침입이다. 하지만 뭐 어쩌겠는가? 또 별다른 방법도 없지 않은가? 김 박사는 자리를 잡고 나서 주위를 둘러보았지만, 부근에는 호주에서 온 사람들이 앉지 않은 듯했다. 주위에는 온통 검은색의 머리카락뿐이었으니.

"이제 여러분의 왼쪽 어깨 뒤에 있는 안전벨트를 내려서

조우

착용하시기 바랍니다. 이 왕복선에는 산소 공급기와 기압조절장치 그리고 인공중력 발생장치가 설치되어 있기 때문에, 비행기를 타는 것과 거의 흡사한 느낌만을 받으실 겁니다. 그럼 안전한 비행이 되시기를 바랍니다."

순간 굉음이 들리더니, 왕복선이 바로 출발했다. 그리고 잠시 후 긴장했던 사람들은 정말로 마치 비행기를 탄 것 마냥 편안한 마음으로 옆 사람들과 도란도란 이야기꽃을 피우기 시작했다. 그리고 채 몇 분이나 흘렀을까?

"곧 고도 400km에 위치한 일루전호에 착륙하겠습니다. 왕복선이 완전히 멈출 때까지 안전벨트를 풀지 마시기 바랍니다."

"뭐야, 벌써 도착한 거야?"

사람들의 술렁임을 뒤로 하고, 순간 기내에 착지하는 듯한 미세한 흔들림이 있더니 탑승구가 열렸다.

먼저 안내원들이 내려가 사람들을 다시 국가별로 나누어 정렬시켰는데, 운이 좋았는지 한국 바로 옆에 호주 사람들이 서 있었다. 김 박사는 연신 고개를 좌우로 기웃거리며, 그렉 교수를 찾았다. 바로 그때였다. 뒤에서 누군가가 김 박사를 불렀다.

"헤이! 닥터 킴!"

이에 김 박사는 순간 소리가 나는 쪽으로 고개를 돌려서, 그를 쳐다보았다.

"누구더라? 어디선가 본 적이 있는데. 누구지? 누구……
아! HRV! 맞아!"

배는 남산처럼 튀어나오고 키가 족히 190cm는 되어 보
이는 구레나룻의 한 거구가 김 박사에게 거침없이 다가와 반
가운 듯 악수를 청했다. 하지만 이건 악수라기보다는 어른이
아이 손을 일방적으로 마구 흔들어대는 것과도 같은 광경이
었다.

"나야, 월츠! 나 기억해, HRV의?"

그랬다. 그는 호주 광산지질 자문업체인 HRV의 부장인
월츠 스위튼. 예전에 학술대회에서 그렉 교수를 통해서 소개
받았던 인물이었다. 하지만 김 박사에게는 겨우 소주 한 잔
마시고 그대로 머리를 테이블에 처박고는 쓰러져서, 그 좋던
토론 분위기를 아수라장으로 만들었던 장본인이라는 기억밖
에 없는 인물이기도 했다. 덕분에 그렉 교수와 함께 그 어마
어마한 덩치를 호텔 방까지 끌어다 주느라고, 거나하게 취한
기분도 비지땀으로 다 날려버렸고.

"물론이지. 월츠! 여기서 자넬 만나다니, 정말 반갑네. 그
런데 그렉 교수는? 그렉 교수도 함께 오지 않았나?"

월츠와 악수를 하며 인사하는 와중에도, 김 박사는 연
신 고개를 좌우로 두리번거리며 열심히 그렉 교수를 찾고 있
었다.

"아니, 보지 못했어. 이쪽 지질분야에서는 나 하나만 선발

된 모양이야."

그 말을 들은 김 박사는 마치 순간적으로 얼어붙은 듯, 잠시 동안 움직이지도 않고 아무런 반응을 보이지 못했다.

"이제 각국의 지정 안내원을 따라서 숙소를 배정받으시기 바랍니다. 그런 다음에는 각자의 숙소로 호출이 갈 겁니다."

안내방송 소리에, 김 박사와 월츠는 곧 다시 만나자며 헤어졌다. 그리고 사람들은 각자의 안내원을 따라 이동하기 시작했다.

"이곳이 여러분들의 거주 지역입니다."

무빙워크를 타고 가다가 멈춘 곳은 마치 지구의 고층 아파트와도 비슷한 구조의 건물 앞이었다. 다만 다른 점이 있다면 지구의 아파트는 시멘트로 만들어진 데 반해서, 이 건물은 흰색으로 도색한 세라믹 소재의 구조물이었다.

"이곳 일루전호의 거주지는 전원주택과 아파트로 나뉩니다. 일루전호 투자자는 투자금액의 정도에 따라 크기가 다른 전원주택을 배정받고, 나머지 구성원들은 이와 같은 아파트에 살게 되죠. 여러분들의 주택은 정부에서 무상으로 제공하는데, 1인당 주거 공간은 12㎡로 가령 4인 1가구는 48㎡의 공간을 배정받습니다."

"12㎡면 4평 정도니, 우리는 16평형에 살게 되겠군."

김 박사가 혼자 중얼거렸다.

"하지만 향후 여러분 개개인의 재산축적현황 및 투자 정도에 따라서 자율적으로 주거공간을 변형하거나 확장할 수 있습니다."

마치 김 박사가 혼자 중얼거리는 내용을 다 들었다는 것처럼, 안내원이 김 박사를 바라보면서 말을 이어갔다.

"보다 구체적인 내용은 추후 전체 설명회를 통해서 이해할 수 있을 것이고, 이제 건물 내부로 들어가 보시죠."

모두들 안내원을 따라서 건물 내부로 들어갔다.

"이곳은 저희가 묵고 있는 숙소입니다. 먼저 이렇게 신분증을 대면 문이 열리죠."

"이곳의 식사는 배급제이므로, 식사시간이 되면 근무지나 숙소와 가까운 식당을 이용하면 됩니다. 따라서 숙소의 주방은 매우 작습니다."

안내원이 방으로 들어가 수납함을 열고는 말을 이어갔다.

"생활에 필요한 모든 용품들은 이러한 각 방의 수납함과 화장실에 비치되어 있습니다. 더 필요한 것이 있으시면, 그때마다 1층 안내 데스크로 문의하시면 됩니다. 그리고 이것은 통제 시스템입니다. 여길 누르면 외부와 통신이 가능하고, 이건 CCTV입니다."

안내원의 간단한 소개가 있은 후, 모두들 배정된 숙소로 돌아갔다. 김 박사 가족 역시 엘리베이터를 타고 11층의 배정된 숙소로 들어가 대충 훑어보고 있는데, 그때 통제 시스템이 켜지면서, 누군가 안내 방송을 하기 시작했다.

"잠시 후 회의가 시작됩니다. 이 안내 방송을 들으시면 가족들은 숙소에서 대기하여 주시고, 전문가들은 곧바로 1층 로비로 모여주시기 바랍니다."

김 박사는 가족들과 간단하게 인사를 하고, 문을 나서 1층으로 내려갔다. 그리고 다른 일행과 문 밖에 준비된 전동차를 타고 어디론가 이동했다.

12

"이곳은 일루전호 관제탑이고, 이 건물 최고층에 중앙통제센터가 있습니다. 회의는 거기서 진행됩니다."

안내원이 전동차에 내려서 그들을 이끌고 엘리베이터 앞까지 갔다.

"이제부터는 여러분들만 올라가실 수 있습니다. 위에 도착하면 또 다른 안내원이 여러분들을 모실 겁니다."

엘리베이터가 최고층에 도착하여 문이 열리자, 앞에는 이미 또 다른 안내원이 기다리고 있었다.

"저를 따라서 이쪽으로 오시기 바랍니다."

그 안내원을 따라서 중앙통제센터 대회의실로 들어가니 이미 그 자리에는 사람들이 절반 정도 채워져 있었는데, 그들의 외모를 얼핏 보아하니 아마도 서양의 기지에서 왕복선을 타고 도착한 전문가들인 듯했다. 대충 빈자리를 찾아서 앉으니, 잠시 후 한 인물이 들어와 강단 앞으로 올라섰다.

"안녕하십니까, 저는 연방정부 부총리 마이크 캠벨입니다."

그가 자기소개를 하자, 일제히 여기저기서 웅성거리는 소리가 들리기 시작했다. 그도 그럴 것이 마이크 캠벨은 다름 아닌 현직 영국의 총리였기 때문이었다.

"물론 이미 적잖은 분들이 저의 얼굴이나 이름에 대해서 익숙하시겠지만, 이제부터 지구에서의 과거 일들은 모두 주머니 속으로 접어 넣으십시오."

부총리는 미소를 지으며 동시에 무언가를 자신의 상의 주머니 속에 넣는 시늉을 했다. 하지만 이러한 상황에서 그러한 여유 있는 농담은 그리 적합한 것이 아닌 듯했다. 모두들 다소 충격적이라는 표정으로 그를 바라보고만 있었으니.

"여기 계시는 여러분들은 미국과 캐나다의 접경 지역인 '던빌'에 설치된 서양 관할기지, 그리고 러시아와 중국의 접경 지역인 '블라고베센스크'에 설치된 동양 관할기지에서 이곳까지 오셨습니다. 이로써 저희 일루전호의 새로운 탑승객이자 연방정부 구성원들이 모두 탑승하게 되었군요."

일루전호의 제작과 탑승구성원 선발 과정에 대해서 비교적 상세하게 설명하던 부총리는, 이제 서서히 마무리를 하려는 듯 원고에서 눈을 떼고는 직접 사람들을 바라보며 말했다.

"지금까지 여러분들이 궁금해할 부분에 대해서 나름대로 설명을 해드렸습니다. 아무튼, 여러분들이 지금 이 일루전호에 탑승하게 된 이유는, 바로 여러분들의 전문가적 지식과 또 그것을 기반으로 하여 인류의 미래를 위해서 봉사할 수 있을 거라는 기대 때문입니다. 이제 세부적인 사항은 해당 장관들께서 주관하여 이끌어주실 겁니다."

부총리가 강단을 내려가 문을 열고 나가자, 곧 안내방송이 들렸다.

"여러분 각자의 신분증을 보시면 이름 바로 아래에 해당 부서 코드가 찍혀있습니다. 대회의실을 나서면 왼쪽부터 오른쪽 방향으로, 알파벳 순서에 따라서 전공분야별 소회의실이 마련되어 있으니, 여러분들의 전공을 찾아서 지금 즉시 입실해주시기 바랍니다."

김찬주 박사가 왼쪽 가슴에 부착된 자신의 신분증을 살펴보니, 이름 바로 밑에 GR이라는 코드가 찍혀있었다. 아마도 Geology and Resources의 약자인 듯했다.

"왼쪽부터 알파벳 순서라고 했지?"

김 박사는 어렵지 않게 자신이 속한 그룹의 소회의실을 찾았다. 문을 열고 들어가니, 그 안에는 이미 몇몇 사람이 벽 한쪽에 마련된 다과 테이블 앞에서 차나 커피를 마시며 담소를 나누고 있었고, 또 몇몇 사람들은 김 박사를 따라 들어왔다.

"헤이, 닥터 킴!"

HRV의 월츠 스워튼이 커피 잔을 들고 다가왔다.

"내가 소개해줌세. 여기는 중국 광업대학의 판쟈용 교수. 여기는 남아프리카공화국 지질 자문회사인 SRT의 로빈 카터. 그리고 이 분은"

"미국 일리노이대학의 저스틴 레이크 교수, 맞지? 반갑습니다. 예전에 한 번 뵌 적이 있는데 기억하시나 모르겠군요."

"아, 기억합니다. 한반도 희토류에 대해서 발표하셨던 분이죠? 여기서 다시 만나게 되어 반갑습니다."

그러자 머쓱해진 월츠가 웃었다.

"아, 둘이 이미 아는 사이였어?"

바로 그때, 40대 중반 정도로 보이는 여성이 서류를 들고 들어왔다.

"자, 그럼 바로 시작하죠. 저는 GR 분야의 올리비아 본느 행정팀장입니다. 프랑스에서 왔죠."

그녀는 사람들이 모두 자리에 앉기를 기다렸다가, 다시 입을 열었다.

"제가 방금 숫자를 세어보니, 저를 빼고 정확하게 16명이네요. 아시다시피 GR은 Geology and Resources의 약자로서, 정식 명칭은 AGR 즉 Academy of Geology and Resources(지질자원학술원)입니다. 말 그대로 저희는 앞으로 지구의 지질과 자원 분야 조사를 책임지게 되지요. 이제부터 여러분들 각자는 저희 GR 행정팀이 나눈 16개 세부 분야의 책임연구원이자 강의교수로서 활동하게 됩니다. 수업이 있는 시간을 제외하고는, 출근 오전 9시 퇴근 오후 6시까지 연구동에서 근무하시면 됩니다. 업무와 관련하여 질문들이 있나요?"

"강의교수라니, 무슨 뜻이죠?"

남아프리카공화국의 지질 자문회사 SRT의 로빈 카터가 물었다.

"학문 분야는 세부적으로 엄청나게 많고, 이곳 일루전호의 공간은 한정되어 있죠. 여러분들은 각 분야의 최고 전문가로 엄선된 단 한 명의 전문가들입니다. 따라서 연구원과 교수의 직무를 함께 수행해야 합니다."

"누구를 가르치라는 건가요?"

로빈이 계속해서 묻자, 올리비아 팀장이 친절하게 대답했다.

"일루전호에 탑승한 취학 연령이 모든 대상이죠. 이곳에는 지구와 마찬가지의 교육기관이 있습니다. 그리고 여러분들은 바로 그 교육기관의 교육자가 되는 것이죠. 또 다른 질문은 없나요?"

아직 상황이 파악되지 않는 듯 모두들 서로의 얼굴만 쳐다볼 뿐, 별다른 질문들은 나오지 않았다. 그러자 올리비아 팀장이 미소를 지으며 말했다.

"그럼 이제 저희는 한 식구가 되었으니까, 우선 연구동으

로 이동한 후 거기서 연구팀과 행정팀이 함께 소개를 나누기
로 하죠."

13

　김찬주 박사는 오전에 대학 강의를 마치자마자, 전동차를
타고 연구동으로 향했다. 이곳 일루전호에는 개인소유의 차
량이라는 개념이 없다. 오로지 태양열로 충전하여 노선별로
다니는 이 전동차 즉 셔틀버스가 유일한 교통수단이다.

　그는 옆으로 지나가는 건물들과 잔디밭 그리고 가로수들
을 바라보며, 늘 그렇듯 짧은 회상에 잠겼다. 일루전호에 탑
승한 지도 벌써 4년이라는 세월이 훌쩍 지나가 버린 지금 어
느 정도 이곳의 분위기에 적응했고, 가족들도 대체로 만족하
는 분위기였다. 처음에는 1주일에 중등과 고등과정 각 2시간
및 대학에서의 4시간 강의가 조금은 어색했지만, 학생들을 가
르치는 일과 연구를 병행하는 것도 나름 순조롭게 적응해나
가고 있었다.

　그동안 좋은 소식 하나와 나쁜 소식 하나가 있었는데, 좀
더 엄격히 말하자면 나쁜 소식이 더 많다고 해야 할 것이다.
좋은 소식은 김 박사가 지구를 떠난 후 반년 만에 지구에서

핵전쟁이 완전히 종결되었다는 사실이다. 하지만 그 좋은 소식에 수반되어 함께 날아온 나쁜 소식은 김 박사가 떠난 직후 지구의 북반구가 핵먼지에 오염되어 생명체가 완전히 사라졌다는 점이다. 그리고 일부 대기전문가들은 이 핵먼지가 대기 순환의 영향으로 인해서 적도를 넘지 않을지도 모른다는 예상을 했지만, 그 뒤에도 몇 발의 핵무기가 더 폭발하여 기류 변화를 일으킴으로써 적도 일부에 대기구멍이 형성되면서, 결국에는 남회귀선 이하에 해당하는 오세아니아의 중부, 남아메리카 남부 및 서남아프리카 일부만이 인류가 생존할 수 있는 유일한 생명의 땅이 되어버렸다.

"아버지, 어머니!"

순간적으로 지구에 남겨두고 온 부모님을 떠올린 김 박사는, 그만 자기도 모르는 사이에 순식간에 눈시울이 붉어지고 말았다. 사실 부모님뿐만이 아니다. 친척들과 직장 동료들에 까지 생각이 미친 김 박사는, 물론 가족을 위한 어쩔 수 없는 선택이기는 했지만, 그들에게 너무나도 미안한 마음을 주체할 수 없었다. 잠시 후 전동차가 연구동에 도착하자, 김 박사는 다시 마음을 다잡고 자신의 연구실로 향했다.

"이제 오시는 거예요? 점심은 드셨나요?"

"아뇨, 오늘은 별로 입맛이 없네요."

복도에서 행정직원을 만나 가볍게 인사한 김 박사는 신분증을 대고 문을 열었다.

"이제 오셨어요?"

김 박사 밑에서 박사과정을 밟고 있는 금발 머리의 젊은 여성연구원이 자리에 앉아 고개를 돌리고는 말했다.

"응. 참, 세라. 이번 3개월간의 지구 지표변동 데이터는 나왔나?"

세라는 스톡홀름대학에서 지리학을 공부하다가, 아버지인 스웨덴의 홀만 총리를 따라서 일루전호에 탑승했다.

"아, 그건 라훌이 갖고 있을 거예요. 라훌, 라훌? 교수님이 데이터 찾으셔!"

세라가 큰 소리로 부르자, 연구실 저 끄트머리에 앉아서 열심히 컴퓨터 모니터를 바라보던 한 젊은이가 반응을 보였다. 라훌. 인도 제1의 재벌 2세인 이 친구는, 특이하게도 부친의 재산에는 별 관심이 없는, 그야말로 학구파 젊은이였다. 하긴, 지구에서와 달리 최소한 이 일루전호 내부에서는 재산의 많고 적음이 그리 큰 의미가 있어 보이지는 않았지만.

"교수님, 방금 막 분석을 마쳤습니다. 그런데 지난 3개월간의 데이터와 비교해보니 좀 이상한 게 보이네요."

"이상한 거라니?"

그 말에 김 박사는 고글을 다시 만지작거리고는, 라훌이 건네는 자료들을 받아들었다.

"이 수치대로라면 지난 3개월 대비, 여기 중앙아시아 지역과 북부 아프리카 대륙을 포함한 북반구 대부분의 지역과 오세아니아 북부에 지속적으로 지각변동이 일어나고 있음을 알 수 있습니다."

라훌이 김 박사 옆에 서서 자료들을 가리키며 설명하자, 김 박사는 자료를 한참 동안 살피더니 말했다.

"반년 전 데이터는 어디에 있어? 모든 데이터를 예측 프로그램에 넣어 시뮬레이션 해 봤어?"

"아뇨, 아직 안 해봤습니다."

"지금 당장 시작해. 결과 나오면 바로 알려주고!"

평소와는 달리 다소 조급하고도 흥분된 말투의 김 박사로 인해 덩달아 조급해진 라훌은 곧바로 자신의 책상으로 달려갔다. 그리고 오후 내내 컴퓨터에 매달린 결과, 라훌은 6시 퇴근 시간 전에 정리된 자료와 데이터를 김 박사에게 전달할 수 있었다.

모두들 퇴근한 저녁 8시 40분. 김 박사는 홀로 연구실에 남아 슈퍼 컴퓨터의 대형 모니터를 뚫어져라 살펴보고 있었다. 반년 전과 3개월 전 그리고 이번에 나온 데이터를 입력한 시뮬레이션들을 계속해서 비교하던 김 박사는, 잠시 무언가를 고민하는 것 같더니 이내 이어셋에 부착된 송신기를 눌렀다.

"올리비아 팀장."

김 박사의 말에 감응한 이어셋이 바로 팀장에게 송신을 시작했다.

"뚜~ 뚜~, 여보세요?"

"팀장, 나 김 박사입니다. 늦은 시간에 연락해서 미안해요."

"아닙니다. 무슨 일이시죠? 설마하니 아직도 연구동에 계신 건 아니겠죠?"

"아닌 게 아니라 지금 연구동에 있는데, 아무래도 상황이 좋지 않습니다. 우선 GR 분야 긴급 회의를 소집해주세요."

"언제요?"

"지금 바로요!"

연락을 끊은 김 박사는 모니터를 응시하다가, 무언가 깊은 생각에 잠겼다.

비록 고도 400km의 상공 한 곳에 체류하고 있는 우주정거장이지만, 일루전호는 지구의 자전 속도와 같은 주기로 돌도록 설계되어있기 때문에 지구와 똑같은 낮과 밤의 구별이 있다. 연구실의 디지털 벽시계가 숫자 11을 가리키던 시각. 회의실에는 김찬주 박사를 포함한 AGR(지질자원학술원)에 속해있는 16명의 전문가와 올리비아 본느 팀장을 포함한 행정팀 4명이 모두 자리하고 있었다.

도대체 회의에서 어떤 이야기가 오고 간 것인지, 이 20명은 마치 약속이나 한 듯 입술을 굳게 다물고 그저 묵묵히 침통한 표정만을 짓고 있었다. 그런 어색한 침묵의 시간이 어느 정도 흘렀을까? 테이블 위에 올려져 있는 자료들을 만지작거

조우

리던 미국 일리노이대학의 저스틴 레이크 교수가, 더 이상은 참을 수 없다는 표정으로 과감하게 그 적막의 벽을 허물었다.

"오차범위는 어떻게 되요? 김 박사 말을 못 믿겠다는 것이 아니라, 다시 한 번 확인할 필요가 있지 않느냐는 겁니다. 내 말뜻은!"

"무슨 뜻인지 이해했습니다."

잔을 들어 커피 한 모금을 마셔 입술을 축인 김 박사는, 다시 한 번 대형 모니터를 바라보면서 설명했다.

"처음에는 박사반의 라훌 연구원이 이번 3개월과 지난 3개월간의 데이터를 비교해보니 좀 이상한 점이 보인다고 해서, 혹시나 하는 마음에 반년 전 나온 3개월간 데이터까지 모두 합쳐보라고 했습니다. 그런데 이런 결과가 나올 줄은 정말 꿈에도 생각지 못했죠. 세계 지진의 80%를 차지하는 환태평양 지진대와 15%를 차지하는 알프스 히말라야 지진대의 9개월간 변화 수치를 보면, 머지않아 오세아니아를 제외한 나머지 모든 대륙들에서 엄청난 지각변동이 발생하게 될 겁니다."

"얼마나 버틸 수 있겠습니까?"

남아프리카공화국 지질 자문회사 SRT의 로빈 카터가 물었다.

"글쎄요. 길어야 8, 9개월?"

김 박사가 대답하는 와중에, 중국 광업대학의 판쟈용 교수가 끼어들었다.

"지금 인류가 살아남은 지역이 오세아니아의 중부, 남아메리카 남부 및 서남아프리카 일부죠. 그럼 1년 안에 오세아니아 중부에 거주하고 있는 사람들만이, 이 대재앙에서 살아남을 수 있단 말인가요?"

김 박사가 대답하려는 찰나, 미국 일리노이대학의 저스틴 레이크 교수가 먼저 입을 열었다.

"데이터에 의하면, 문제는 거기서 끝나지 않는다는 겁니다. 일련의 대지진으로 인한 지각변동의 여파로, 재차 거대 해일이 발생하게 된다는 것이 더 큰 일이죠. 그리고 그 거대 해일의 영향권 안에는 오세아니아도 포함될 가능성이 매우 높습니다."

그 말을 들은 몇몇 사람이 무의식적이지만 거의 동시에 혼자 중얼거렸다.

"쓰나미."

그동안 침묵으로 일관하며 사태를 파악하고 있던 올리비아 본느 행정팀장이 드디어 입을 열었다.

"결론은 지구 상의 인류 멸망이군요. 김 박사님, 시뮬레이션 결과에 책임지실 수 있습니까?"

"여러분들이 오기 전까지 라홀이 정리한 자료와 데이터를 세 번이나 슈퍼 컴퓨터에 입력하여 시뮬레이션을 돌려봤지만, 그 결과가 하나같이 똑같았습니다. 현재로써는 확정적이라고 표현할 수밖에 없군요."

지나치리만큼 침착하고도 담담한 목소리로 말하는 김 박사를 바라본 올리비아 본느 팀장이 말했다.

"알겠습니다. 당장 상부에 보고해야겠군요."

사실 일루전호에는 여러 가지 측면에 있어서 가다듬어야 할 문제들이 산재해 있었다. 그중에서도 구성원들 간의 의사소통, 특히 전문분야별 연구나 회의 및 교육에 있어서의 공용어 제정은 반드시 집고 넘어가야 하는 가장 큰 숙제라고 해도 과언이 아니었다. 물론 이미 영어라는 세계 공용어가 존재했지만, 이는 미국이나 영국 호주 등의 영어권과 몇몇 유럽 국가에 국한된 개념일 뿐, 일루전호에 탑승한 대다수에게도 적용되는 사항은 아니었기 때문이다. 그나마 비영어권 국가에서 온 구성원들 역시 전문가 그룹에 속하여 계속 영어를 사용해온 일부분만 가능할 뿐이었지, 역시 이들을 제외한 절대 다수에게는 영어가 거의 외계 언어만큼이나 극복할 수 없는 걸림돌의 영역이었던 것이다.

특히 그런대로 영어소통이 가능한 이들에게도 또 다른 장벽이 앞에 가로막혀 있었는데, 그것은 다름 아닌 동양과 서양의 이질화된 발음과 문장 구조였다. 즉 이들끼리는 단어 나열이라는 극단적인 방법으로나마 최소한의 의사소통이 가능하기는 했지만, 이것조차도 동양과 서양 나아가 일루전호 모든 구성원들의 의사소통을 해결할 수 있는 방법은 아니었던 것이다. 좀 더 구체적으로 말해서, 같은 동양이나 혹은 서양이라고 해도 인근 국가가 아닌 상황에서는 또 발음과 문장구조가 확연히 달라지기 때문에, 의사소통에는 역시 한계점이 노출되어 있었다. 비근한 예로 동양의 경우 동북아시아에 위치한 나라들인 한국과 중국, 일본인들끼리는 나름 의사소통이 가능했지만, 이들이 인도인들과 만나면 소통이 거의 불가능해졌다. 마찬가지로 서양의 경우에도 인근 국가인 독일과 벨기에인은 의사소통이 가능한 반면, 러시아인과는 불가능했던 것이다.

그러므로 일루전호 각 분야에서는 그간 의사소통에 상당한 문제점이 있음을 지속적으로 상부에 보고해왔고, 상부에서도 궁극적으로는 언어 통일화 방안의 필요성이 대두됨을 인지하고 있었다. 하지만 이 문제는 단시간에 해결될 수 있는 문제가 아니었다. 따라서 연방정부는 우선적으로 언어분야의 전문가들을 모아 언어통일정책위원회를 구성하기로 했다. 그리고 이 위원회의 결정에 따라서 어떠한 방향으로 나아가야 할지, 즉 새로운 언어 창제를 모색해야 할지 아니면 일루전호 구성원들의 기존 언어를 재구성하여 통일하는 방안을 강구해야 할지 등의 제반 문제들을 하나하나 점검하기로 했다.

14

GR의 올리비아 본느 행정팀장이 회의 결과를 상부에 보고한 지 얼마되지 않아, 일루전호 연방정부의 최고회의가 열렸다. 연방정부는 과거 UN 사무총장이 수장 격인 총리를, 그리고 G7인 미국, 캐나다, 영국, 프랑스, 독일, 이탈리아, 일본의 수장들이 부총리를 맡고 있었다. 또 거기에 일루전호 제작에 적극적으로 협력하고 나아가 투자를 아끼지 않은 러시아와 중국을 포함시켜서, 모두 10인의 대표들로 구성되어 있었다.

이날 회의는 GR의 올리비아 본느 행정팀장이 진행하고, 브리핑은 김찬주 박사가 맡았다.

"결국에는 마지막 보루인 오세아니아 역시 물에 잠길 것이라는 거군요?"

총리의 질문에, 김 박사는 간단히 대답했다.

"네, 그렇습니다."

"원인이 뭔가요?"

"뭐라고 딱히 단정 지을 수는 없지만, 아마도 과도한 핵무기 사용이 지구의 양쪽 지진대를 자극한 것 같습니다."

"그래서 향후 대책은 무엇입니까?"

총리가 본느 행정팀장과 김 박사를 번갈아 쳐다보며 묻자,

행정팀장은 김 박사에게 답변하라는 눈짓을 보냈다. 이에 잠시 망설이던 김 박사는 이내 입을 열었다.

"이미 보고서를 통해서도 말씀드렸듯이, 향후 대지진과 쓰나미가 발생하면 지각변동으로 인해 지금까지 우리가 파악했던 희토류의 매장 위치가 변하거나, 심지어 더 깊숙한 지층으로 매몰될 가능성마저 있습니다. 다시 말해서 어떤 상황이 발생하게 될지 지금 당장 설명할 수는 없지만, 어쩌면 우리가 지구에 의존할 수 있는 기간이 얼마 남지 않게 될 수도 있다는 말이죠. 따라서 궁극적으로는 인류가 생존할 수 있는 다른 행성을 찾아야 할 것입니다. 그러기 위해서는 일루전호를 정거장에서 항해가 가능한 우주선으로 개량하는 것이 급선무입니다. 또 그렇게 하기 위해서는, 남은 기간 개조에 필요한 막대한 양의 티탄알루미나이드 및 몰리브덴을 포함한 희토류를 최대한 많이 채굴하는 것이 무엇보다도 선행되어야 하고요."

"그밖에 또 필요한 조치가 있습니까?"

"지구에 남은 사람들은 어떻게 되는 거죠? 그들 역시 이곳 일루전호로 옮겨야 하지 않겠습니까?"

순간 회의장이 웅성거리기 시작했다. 김 박사는 혹시나 자신의 발언에 어떤 문제가 있는 것인가 해서 본느 행정팀장을 쳐다보았는데, 그녀는 알 수 없는 표정을 지은 채 입술을 굳게 다물었다. 잠시 후 곁에 있던 부총리들과 이야기를 나누던 총리가 나섰다.

조우

"상당히 민감한 발언이로군요. 일단 일루전호 개조가 급선무니, 우선 이 문제부터 해결하고 나서, 다시 이야기해 봅시다."

이에 김 박사는 얼떨결에 대답했다.

"아, 네."

"이제 희토류 채굴 비상대책팀을 꾸리도록 하세요. 그리고 김 박사가 팀장을 맡아주시고요. 오늘 회의는 이쯤에서 끝내는 것으로 하겠습니다."

회의가 끝나자 모두들 자리에서 일어나 하나둘씩 회의장을 빠져나갔고, 김 박사는 본느 팀장과 맨 마지막으로 문을 나섰다.

"김 박사님, 이제 어떡할 계획이신가요?"

무언가 깊은 생각에 잠긴 듯한 김 박사는, 본느 팀장의 질문에 고개를 들어 말했다.

"네? 아, 네. 먼저 다시 한 번 우리에게 필요한 희토류 위치 확인 작업을 한 후, 서둘러서 채굴해야겠죠. 일루전호 개조작업은 희토류 가공 다음 단계고, 또 제 분야도 아니니까요."

김 박사는 다시 생각에 잠긴 표정으로 묵묵히 걸었고, 본느 팀장은 걸음을 멈춘 채 고개를 갸우뚱하며 그런 김 박사의 뒷모습을 바라보고만 있었다.

15

5개월째 희토류 채굴 작업은 순조롭게 진행되는 듯했다. 몰리브덴을 포함하여 다량으로 채굴된 희토류는 지구에서 채굴 과정과 분리 과정 및 정련 과정 그리고 합금화 과정을 거쳐 일루전호로 운송되었고, 일루전호는 그렇게 우주정거장에서 서서히 추진체를 장착한 항해 우주선으로 그 모습을 탈바꿈하고 있었다.

다만 지구에서 감지되는 지진의 주기는 점점 짧아졌고, 예상대로 그 정도도 더 심해져 갔다. 요 며칠 새 서남아프리카에 지어진 희토류 채굴현장 두 곳이 지진으로 매몰되어 수십 명의 사상자를 냈고, 남아메리카 남부의 합금화공장 한 곳이 붕괴되기도 했다.

연구실 책상 앞에 앉아 모니터를 통해 시뮬레이션을 돌리던 김 박사는 중얼거렸다.

"이 정도 속도면 예상보다 더 빨리 시작될 수도 있겠는걸?"

순간 김 박사는 자리에서 벌떡 일어나, 본느 행정팀장을 찾아갔다.

"팀장, 아무래도 우리 예상보다 진행 속도가 더 빨라지고 있습니다. 지구에서의 작업을 좀 더 서둘러야 할 필요가 있어요."

조우

"서두르다니요? 지금 우리는 최대한 속도를 내고 있는 걸요?"

김 박사의 갑작스러운 방문과 뜬금없는 재촉에 본느 팀장이 약간 당혹스러운 듯한 반응을 보이자, 김 박사는 잠시 마음을 가라앉히고 차근차근 설명하기 시작했다.

"5개월 동안의 지각변동 추이를 살펴보니, 대지진이 어쩌면 우리의 예상보다 더 빨리 시작될 수도 있을 것 같아요. 마침 얼마 전에 호주 남부 지역에서 새로운 희토류 매장 가능지역을 찾아냈는데, 이참에 내가 직접 가서 확인해보고 올까합니다. 만약 희토류 매장이 사실로 확인되면 채굴 지역이 확대되는 것이고, 또 그렇게 되면 우리는 작업에 필요한 시간을 더 단축할 수 있겠지요."

그때서야 본느 팀장은 김 박사의 말이 무슨 뜻인지 이해하겠는 듯 고개를 끄덕였다.

"무슨 말인지 알겠습니다. 그럼 먼저 탐사팀을 구성해야겠군요. 언제 출발하시겠습니까?"

김 박사는 일말의 망설임도 없이 바로 대답했다.

"내일 오전이요."

"네? 그렇게 빨리 탐사팀 구성이 가능한가요?"

"물론입니다. 인원은 라훌과 세라, 월츠 그리고 저까지 4명으로 정해놨으니, 나머지 세 명에게는 바로 가서 통보만 하면 됩니다."

"아, 알겠습니다. 그럼 바로 지구 출장신청서 기안을 올리 겠습니다."

"네. 저 그런데, 그때 그 일에 대해서 상부에서는 아직까 지도 언급이 없나요?"

본느 팀장은 기안을 하다가 모니터에서 눈을 떼고는, 고개 를 들어 김 박사를 쳐다보았다.

"무슨 일이요?"

"지구에 남은 사람들을 일루전호로 데려오는 것 말입 니다."

"글쎄요. 그 뒤로는 전혀 언급이 없었습니다."

"역시나 그렇군요. 그럼 난 내일 출장 준비를 위해서 이제 서서히 나가보겠습니다."

몸을 돌려 문을 나서는 김 박사의 모습을 잠자코 지켜보던 본느 팀장은, 시선을 다시 컴퓨터 모니터로 옮기고는 묵묵히 기안을 해나가기 시작했다.

퇴근 후 김 박사는 집으로 돌아와 저녁 식사를 하면서 아 내에게 사정을 설명했다. 그리고 식사 후 자신의 방으로 가서 내일 지구로 갈 채비를 하기 시작했다.

준비가 끝나갈 무렵, 김 박사는 문득 어떤 생각이 들었는 지 책장에서 두꺼운 책 한 권을 뽑아들었다. 그것은 김 박사 가 일루전호에 탑승한 후, 자신의 온라인 하드에서 다운 받아 서 프린터로 출력해 만들어놓은 사진앨범이었다. 뭐랄까? 김 박사가 생각하기에 전문적인 지식에 대해 다룬 서적이나 옛 추억을 담고 있는 사진들은 온라인에서 모니터로 감상하기보다는, 아무래도 종이에 인쇄된 상태에서 그 감촉을 느끼면서 서서히 음미하는 것이 더 보기가 좋아 보였던 것이다.

그는 책상으로 다가가 의자를 빼 앉아서는, 한 장 한 장 넘기면서 사진들을 살피기 시작했다. 그렇게 몇 장을 넘기던 김 박사의 손이 갑자기 멈추더니, 이내 사진 한 장을 꺼내 들어 자세히 살피기 시작했다. 그것은 다름 아닌 오래전 서울의 한 조그만 술집에서 얼떨결에 호주 멜버른대학의 그렉 스미스 교수와 함께 찍은 사진이었는데, 사진 속 두 인물은 이미 거나하게 취했는지 얼굴이 붉게 상기되어 있었다. 해맑다고 할 수는 없지만 나름대로 천진난만한 미소를 머금은 채로.

김 박사는 사진을 한참 동안 쳐다보면서 빙그레 웃다가, 갑자기 다시 의미심장한 표정을 짓고는 혼잣말로 중얼거렸다.

"그렉 교수, 내일이면 찾아갈 테니, 제발 살아만 있어주시게!"

그러고는 그 사진을 앨범에서 빼내 들었다.

16

이튿날 아침. 전날 밤에 잠을 설쳤는지, 고글의 틈 사이로 비친 김 박사의 두 눈은 살짝 충혈되어 있었다. 먼저 나갈 채비를 마치고 카페테리아에서 아침 식사를 한 김 박사는, 가족들과 함께 작별인사를 한 후 서둘러서 전동차를 타고 왕복선 탑승장으로 향했다.

이런저런 생각 중에, 김 박사가 타고 있는 전동차가 왕복선 탑승장에 도착했다. 그는 신분 조회와 탑승 수속을 마치고, 함께 가는 탐사 팀원들인 라훌, 세라, 월츠와 곧바로 왕복선에 올라 자리에 앉고는 안전벨트를 착용했다. 잠시 후 안내방송이 들렸다.

"본 왕복선은 호주 멜버른행입니다. 이제 곧 출발하니, 안전벨트를 꼭 착용해주시기 바랍니다."

주변을 살펴보니 탑승객 대부분은 군인들이었는데, 그들의 차림을 보아하니 하나같이 마치 전쟁터에 나가는 사람들마냥 중무장을 하고 있었다.

"무슨 일이지?"

김 박사는 군인들이 중무장한 차림을 보면서 궁금증이 생겼지만, 왕복선이 바로 출발하는 바람에 묻지는 못했다.

"거의 5년 만이군. 지금 지구는 어떤 모습으로 변했을까?"

김 박사는 잠시 후 펼쳐질 지구 아니 호주 멜버른의 모습을 기대 반 두려움 반속에서 상상하기 시작했다. 하지만 그것도 잠시. 왕복선에서 다시 안내방송이 나오기 시작했다.

"이제 곧 멜버른에 도착하겠습니다. 현지 시각은 오후 2시니, 참고하시기 바랍니다."

방금 출발한 것처럼 보였던 왕복선이 도착한다니. 처음 지구에서 일루전호에 왔을 때보다도 소요 시간이 더 단축된 것 같았다. 어쩌면 그때보다도 더 기술이 발전한 탓이리라.

왕복선에서 내려 도착 수속을 마친 김 박사는 출구로 나오자마자, 순간 마치 넋이 나간 사람처럼 우두커니 서 있기만 했다. 그건 곁에 있던 월츠 역시 마찬가지였다. 멜버른에 와본 적이 없는 라홀과 세라는 그저 두 사람의 얼빠진 모습에 이유를 모르겠다는 표정으로, 연신 두 사람과 앞에 펼쳐진 광경을 번갈아가며 쳐다볼 뿐이었다.

"어떻게 이럴 수가."

월츠가 먼저 입을 떼고 말했다. 그도 그럴 것이 두 사람이 기억하고 있는 멜버른은 과거 몇 차례나 세계에서 가장 살기 좋은 곳 1위로 뽑혔던, 고풍스럽고도 단아한 옛 정취와 최첨단 현대의 모습이 절묘하게 조화를 이룬 녹색 도시였기 때문이다.

하지만 지금 두 사람 눈앞에 펼쳐진 이곳은 더 이상 과거의 영화를 간직한 아름다운 도시가 아니었다. 희뿌연 흙먼지를 자욱하게 뒤집어쓴 건물들만이 쓸쓸하게 오는 이들을 맞이하고 있었는데, 이는 아마도 그간 있었던 희토류 채굴의 여파 때문인 것 같았다. 그 앞을 내달리는 몇 안 되는 자동차들과 멜버른의 상징이었던 전차인 트램 역시 본래 입고 있었던 형형색색의 모양새는 잃어버린 채, 말 그대로 교통수단으로서의 최소한의 역할만을 묵묵히 해내고 있을 뿐이었다. 이건 마치 모래 폭풍이 쓸고 간 폐허 도시에 온 느낌이랄까? 아니면 과거 TV로만 봤었던 지옥의 랠리로 유명했던 다카르랠리에 직접 참가한 느낌이랄까?

잠시 넋 놓았던 정신을 차리노라니, 아까 왕복선에서 보았던 군인들이 군용트럭을 타고 어디론가 향하는 모습이 눈에 들어왔다. 이에 네 사람 역시 탑승장 바로 옆의 주차장에 미리 대기되어 있던 지프차를 타고 채굴 예정지로 향했다.

"오랜만에 네 바퀴 달린 차를 타보는군. 덜컹거리는 게 제격인걸?"

김 박사는 월츠에게 별다른 감정을 갖고 있는 것은 아니지만, 이 상황에서 거구의 월츠가 농담까지 던지는 여유를 만끽하고 있는 모습을 보여주니, 뭔가 좀 어색한 느낌이 들었다.

그렇게 채굴 예정지에 도착한 라훌과 세라, 월츠 그리고 김 박사는 지구에 체류하면서 먼저 와있던 일행들이 준비해놓은 천막에 들어가서 간단하게 짐을 풀고, 다시 바로 천막을

조우

나와서는 가져온 탐사 장비로 희토류 매장 여부를 확인하기 시작했다.

해가 서서히 서쪽으로 기울기 시작할 무렵, 김 박사 일행은 계산대로 적잖은 희토류가 채굴 예정지에 매장되어 있음을 확인하고, 바로 채굴준비를 하기 시작했다. 모두들 서둘러서 채굴 작업 준비를 하느라 분주히 움직이고 있을 때, 김 박사가 잠시 머뭇거리더니 월츠에게 다가갔다.

"여기는 잠시 자네가 맡아주게. 난 어디 좀 다녀와야겠는데, 늦기 전에 돌아올 걸세."

월츠가 뭐라고 반응을 보일 틈도 없이, 김 박사는 얼른 월츠의 어깨를 가볍게 한 번 툭 치고는 천막을 나가 지프를 타고 어디론가 사라졌다.

"어디부터 찾지?"

운전하며 혼잣말로 중얼거리던 김 박사는 무작정 아까 처음 도착했던 왕복선 탑승장으로 향했고, 붉은 노을이 서서히 대지를 물들이기 시작할 무렵에 도착할 수 있었다. 김 박사는 차에서 내려 탑승장 입구에 서 있는 군인 한 명에게 다가갔다.

"이곳 사람들은 어디에서 거주하고 있습니까?"

뜬금없이 질문하는 김 박사에 놀란 듯 그 군인은 잠시 김 박사를 위아래로 훑어보더니, 곧바로 신분증을 달라고 요구했다. 김 박사는 가슴에 달려 있는 신분증을 떼어 제시했고, 그 군인은 바코드 인식기로 김 박사의 신원을 확인하고는 물었다.

"행정인원이요, 아니면 노동자요?"

"여기서 계속 체류하던 사람들이 머무는 곳을 묻는 겁니다."

그러자 그 군인은 왼손으로 한 방향을 가리키며 말했다.

"여기에서 북서쪽으로 10km 정도 달리면, 채굴현장이 보일 겁니다. 거기에서 얼마 떨어지지 않은 곳에 노동자 거주촌이 있죠."

김 박사는 어둑어둑해진 하늘을 뒤로한 채, 다시 지프를 몰고 북서쪽으로 내달리기 시작했다. 얼마나 달렸을까? 앞쪽에 불빛들이 하나둘씩 보이기 시작했다. 불빛이 보이는 곳에 다다르자 노동자 거주촌으로 보이는 곳의 윤곽이 드러났는데, 김 박사가 생각했던 것보다도 훨씬 더 큰 규모의 거주지였다. 그런데 가만히 보니 거주촌이라는 것이 다름 아닌 판자촌이었던 것이다.

김 박사는 무작정 차에서 내려 판잣집들 사이를 걸었다.

"생각보다 훨씬 더 열악한 환경에서 사는군. 그나저나 어떻게 그렉 교수를 찾는다지?"

그는 자신과 눈을 마주치는 사람들마다 다가가서 그렉 교수의 사진을 보여주며 물었다.

조우

"이 사람 아세요? 어디 살고 있나요?"

하지만 만나는 사람마다 하나같이 고개를 저을 뿐, 그렉 교수를 안다고 말하는 사람이 없었다. 아니 어쩌면 애당초 사진에는 관심조차 없는 모습들이었다.

"후유, 오늘은 너무 늦었군. 내일 다시 와야겠어."

이미 칠흑과도 같이 어두워진 하늘을 바라보며, 김 박사는 발길을 돌렸다.

17

다음날 오전 김 박사가 다시 찾은 노동자 거주촌에는, 나이 든 사람들과 아이들만이 남아 있었을 뿐이었다. 아마도 노동이 가능한 사람들은 모두 채굴현장으로 불려간 듯했다. 김 박사는 걸어서 채굴현장까지 이동했다.

"혹시 이 사람을 아십니까? 본 적이 있나요?"

김 박사는 오전과 오후 내내 만나는 사람마다 사진을 보여주며 같은 질문을 반복했지만, 사람들은 건성으로 슬쩍 사진을 바라보고 고개를 젓기만 할 뿐, 누구 하나 진지하게 귀를 기울여주는 이가 없었다.

바로 그때였다. 아까부터 먼발치에서 김 박사의 그런 모습을 지켜보던 군인 하나가 다가와 물었다.

"무슨 일이오?"

김 박사는 혹시나 하는 생각에 흠칫 놀랐지만, 순간 어제 저녁의 일을 기억해내고는 바로 가슴의 신분증을 떼어 건네 주었다. 바코드 인식기로 신분증을 확인한 그 군인은 이번에는 아까보다 더 정중한 말투로 다시 물었다.

"무슨 일이십니까?"

"이 사진 속의 인물을 찾고 있습니다."

"무슨 용건이시죠?"

갑작스러운 질문에, 김 박사는 얼떨결에 말도 안 되는 대답을 하고 말았다.

"아, 그게 우리 채굴 작업에 필요한 인물이라서 그렇습니다."

그 군인은 잠시 뭔가를 생각하더니, 이내 다시 물었다.

"이름이 어떻게 됩니까?"

"그렉입니다."

"이름 전체를 말씀해 주세요."

그 군인은 김 박사의 입에 바코드 인식기를 갖다 대었다.

"그렉 스미스(Greg Smith)"

그러자 소형 액정화면에 그렉 교수의 사진과 소속단위가 뜨기 시작했다.

"정련소 소속이니, R2 구역으로 가보세요."

"고맙습니다."

김 박사는 물어 물어서 R2 구역에 도착한 후, 사람들 얼굴을 일일이 바라보면서 그렉 교수를 찾기 시작했다. 그리고 얼마 후 그렉 교수의 뒷모습처럼 보이는 사람을 하나 발견하고는 그에게 다가갔다.

"그렉! 그렉 교수가 맞나요?"

땀과 먼지에 찌든 작업복을 입은 채로, 등을 돌리고 분주히 몸을 놀리던 그 사람은 순간 얼음에 얼은 듯 작업을 멈췄다. 그리고 잠시 후 서서히 몸을 돌려 김 박사를 쳐다보았다.

"세상에! 그렉 교수가 맞군!"

홀쭉하게 빠져 있는 얼굴 윤곽이 사진 속의 인물과는 다소 차이가 있지만, 크고 선명한 눈과 오똑한 코는 분명 동일 인물임을 말해주고 있었다. 잠시 멍한 눈빛으로 김 박사를 바라보던 그렉 교수는 일순간 눈이 커지더니 입을 열었다.

"아니, 자네가 어떻게 여기에 있지? 어떻게 된 거야?"

둘은 잠시 감격에 겨워서 할 말을 잊은 채, 그렇게 손을 맞잡고 우두커니 서 있기만 했다.

"어이, 거기 뭐야? 일 안해?"

순간 감시인인 듯한 군인 하나가 큰소리로 호통을 치자, 주변 사람들이 하나둘씩 이 둘을 쳐다봤다.

"김 박사, 곧 끝나가니 일단 퇴근 후에 보자고."

둘은 잡았던 손을 황급히 놓았다. 그리고 김 박사는 그렉 교수와의 감격 어린 재회를 잠시 후로 미뤄두고, 마치 아무 일도 없는 듯 다른 쪽으로 걸어갔다. 그러고는 별다른 할 일도 없이 작업 현장 이곳저곳을 기웃거리기 시작했다.

그렇게 한참을 걷고 있노라니, 옆쪽 기둥에 쓰여 있는 R3구역이라는 표시가 눈에 들어왔다. 바로 그때였다.

"책임자를 만나게 해달라니까!"

"여기가 어디라고! 당장 나가지 못해?"

"책임자 나와! 나오라고!"

김 박사가 다가가니, 오른쪽 팔에 깁스한 한 동양계 남성이 고성으로 군인 셋과 한참 승강이를 벌이고 있었다. 그 동양계 남성은 치료조차도 제대로 받지 못했는지, 깁스는 아직까지 피로 적셔져 붉은빛을 띠고 있었다.

"이번 달 월급은 어제 이미 지급했잖아? 당장 나가!"

군인의 으름장에 그 동양계 남성은 지지 않고 맞섰다. 그의 왼쪽 손에는 월급인 듯한 봉투가 꼬깃꼬깃 쥐어져 있었다.

"이걸론 치료도 못 받는 거, 당신들이 더 잘 알잖아! 게다가 일방적으로 해고하면 어떡하란 말이야!"

"그럼 그 팔로 일을 하겠다는 건가?"

"내가 없으면 우리 노모는 누가 책임지라는 거야? 우리가 무슨 쓸모없어지면 버리는 기계야?"

그때 책임자로 보이는 듯한 인물이 다가왔는데, 옷차림을 보아하니 일루전호에 탑승한 사람인 것 같았다.

"무슨 일인가?"

그가 옆에 서 있는 군인들에게 물었다.

"아, 네. 어제 작업 중에 부상을 입은 노동자인데, 막무가내로 찾아와서는 난동을 부리고 있습니다."

군인 한 명이 대답하자, 책임자가 물었다.

"임금은 다 지급했나?"

"네."

책임자가 그 동양 남성의 깁스한 팔을 보더니 물었다.

"팔 상태는 어떤가?"

그러자 그 동양 남성이 말했다.

"손목 인대가 끊어졌다고 합니다."

"치료기간은?"

"반년 이상 걸린다는군요."

그때 군인 하나가 책임자에게 바코드 인식기를 보여주었다.

"무비자로군. 애당초 비자 기간이 만료되어 그동안 불법 체류를 해왔으니, 이번 달까지 월급을 지급한 것만으로도 충분히 보상한 것 같지 않나? 그럼 내 생각엔 우리의 계약관계는 여기까지인 것 같은데."

책임자는 몸을 돌려 곧바로 그 자리를 떠났고, 그 동양 남성은 울면서 소리를 지르며 계속 호소했다. 잠시 후 군인 한 명이 총의 개머리판으로 그 동양 남성의 두부를 세게 쳤

고, 군인 세 명이 혼절한 그 동양 남성을 밖으로 질질 끌고 나
갔다.

"이건 아니잖아!"

순간 분개하며 군인 셋을 저지하려고 앞으로 나가려는 김
박사의 어깨를, 뒤에서 누군가 잡고 말렸다. 김 박사가 뒤돌
아보니 그렉 교수였다. 그렉 교수는 김 박사를 쳐다보고 고개
를 절레절레 흔들더니 말했다.

"처음 있는 일도 아니네. 괜히 우리까지 다치게 되니, 잠
자코 있게나."

그렉 교수는 김 박사를 이끌고 자신이 사는 판잣집으로 돌
아왔다.

"여긴 내 아내, 그리고 바로 이 아이가 제이슨일세. 많이
컸지?"

그의 가족들과 인사를 나눈 김 박사는, 차마 식탁이라고
부를 수 없을 정도의, 마치 드럼통을 뒤집어놓은 듯한 식탁에
앉아 조용히 대화를 나누고 있었다.

"그럼 군인들이 감시인 역할을 하며 노동자들을 통제하는
거였단 말인가?"

"결국, 위로 올라간 사람들은 지배자, 아래에 남은 이들은
피지배자가 된 거지."

김 박사가 놀라서 묻자, 그렉 교수는 오히려 담담한 얼굴
로 고개를 살짝 끄덕이며 말했다.

"우리는 이곳을 아래라고 부르는데, 아래에서는 큰 부상을 입으면 거의 치료가 어렵네. 다치지 않도록 몸 사리고 사는 게 상책일세. 그래서 아까 자넬 극구 말린 것이고. 뭐, 하긴. 자넨 위쪽 사람이니 상관없을지도 모르겠지만."

그 말에 김 박사는 잠시 할 말을 잃고 멍하니 앉아만 있었다. 그리고 그 모습을 본 그렉 교수 역시 자신이 무심코 내뱉은 말에 미안한 마음이 들었는지, 약간 멋쩍은 표정으로 어깨를 들썩이며 말을 이었다.

"오해는 말게. 어차피 자네 탓이 아니지 않나?"

"이유야 어찌 되었던 간에 미안하게 되었네. 자네를 남겨두고 그렇게 떠나서."

김 박사가 이렇게까지 말을 하니, 그렉 교수는 더욱 미안한 감정이 들 수밖에 없었다.

"아니야. 내가 괜한 말을 했군."

"아니, 어쩌면 내 탓일 수도 있어."

김 박사의 말에, 그렉 교수는 영문을 몰라 물었다.

"무슨 말이야?"

"지금 아래에서 이렇게 노동 착취를 당하는 것이 어쩌면 내 탓일 수도 있다는 거야."

"아니, 그게 도대체 무슨 말인가?"

"지금부터 내 말을 잘 듣게. 이게 내가 자네를 찾게 된 이유이기도 하니까 말이야."

김 박사는 그간 일루전호에서 있었던 일들을 설명하기 시작했다. 이제 곧 지구에 대지진이 발생할 것이고, 그 여파로 호주를 포함한 남회귀선의 인류생존지역 전체에 쓰나미가 덮칠 것이라는 예측. 그리고 지각변동으로 인해 더 이상 지구에 의존할 수 없는 경우를 대비해서, 일루전호를 항해가 가능한 우주선으로 개량하고 있다는 사실. 심지어 연방정부가 지구에 남은 인류를 일루전호에 데려와야 한다는 김 박사의 제안을 묵살했던 사건까지도.

두 손으로 턱을 괴고 묵묵히 그 말들을 듣고 있던 그렉 교수는, 의외로 담담한 표정으로 고개를 들고 말했다.

"그렇게 된 거군. 어쩐지 요 근래 들어서 지진이 지나치게 자주 발생해서 뭔가 이상하다는 생각을 하기는 했는데 말이야. 아무튼, 갑작스러운 노동 착취를 감행해가면서까지 최대한 많은 희토류 채취에 열을 올리게 된 이유가, 다름 아닌 자네 때문이라는 얘긴가?"

김 박사는 그렉 교수의 말에 낮에 보았던 젊은 동양인 남성의 모습을 떠올렸고, 이에 고개를 숙인 채 긍정도 부정도 아닌 침묵으로 대답했다. 그저 그의 얼굴에 쓰여 있는 "괴로움"이라는 표정만이 암묵적으로 그렇다고 대답할 뿐이었다. 그렉 교수가 이어서 물었다.

"자. 이제 자네의 계획은 뭔가?"

그러자, 김 박사는 힘없이 나지막한 목소리로 말문을 열

조우

었다.

"이제 그나마 지구에 살아남은 인류마저도 모두 사라질 것이라는 것은 기정사실이네. 일루전호 탑승만이 유일한 희망이지. 그리고 이렇게나마 자네에게 이 사실을 전하는 것만이 내가 할 수 있는 전부이고."

"지금 이 마당에, 내가 할 수 있는 게 뭐라는 건가?"

그렉 교수의 질문에, 김 박사는 서서히 고개를 들고 입을 열었다.

"'노자'라는 인물에 대해서 들어본 적이 있는가?"

김 박사의 뜬금없는 질문에, 그렉 교수는 영문을 몰라서 반사적으로 대답했다.

"들어는 봤네만, 갑자기 그게 무슨 뚱딴지같은 소리인가?"

김 박사는 그렉 교수의 말을 들었는지 못 들었는지, 무뚝뚝한 표정으로 말을 이어갔다.

"노자가 이런 말을 했다고 하네. '사람의 능력으로는 어찌할 수 없는 대자연의 광풍과 폭우조차도 오래갈 수 없는 법인데, 하물며 일개 사람이 만든 법률과 제도로 통제하는 것이야 굳이 말할 나위가 있겠는가?'라고 말이야."

얼마 후 김 박사가 노동자 거주촌 입구에 세워둔 지프를 타고 떠났다. 그렉 교수는 그 뒷모습을 바라보다가, 더 이상 지프에 켜진 빛이 보이지 않자 혼자 중얼거렸다.

"결국, 밟으면 꿈틀거리는 것인가?"

그렉 교수는 잠시 뭔가를 생각하더니, 그 길로 바로 누군가를 찾아갔다.

18

그날 이후 매일 저녁마다 그렉 교수를 중심으로 한 거주촌의 노동자들은 함께 만나서 이 문제에 대해서 이야기를 나눴고, 사람들의 입소문에 의해서 단 며칠 만에 모임 참가자들의 숫자는 기하급수적으로 불었다. 또한, 이 소식은 다른 노동자 거주촌에도 퍼지게 되어, 거주촌마다 대책을 논의하기에 이르렀다. 그로부터 며칠 후 각 거주촌에서는 대표자를 선출했고, 그 대표자들이 다시 은밀히 만나 그들의 최고 대표를 선출하게 되었는데, 그는 다름 아닌 그렉 교수였다.

교수가 아닌 노동자 최고 대표로서의 직책을 맡게 된 그렉은, 먼저 시일의 긴박함을 직시하고 하루라도 빨리 단체교섭에 들어가야 한다고 판단했다. 김 박사의 말에 의하면 이제 남은 시간은 길어야 3개월이라 하지 않은가.

그렉은 먼저 공식적으로 노동조합의 출범을 선포하고, 각 거주촌을 지부로 활용하기로 했다. 따라서 노동조합에서 제

일 먼저 한 일은, 모든 노동자들을 조합원으로 가입시켜서 그들의 산발적인 목소리를 하나로 규합하는 것이었다. 또한, 각 거주촌의 대표들과 논의하여 그들의 단체요구안을 작성하고, 이 요구안이 전면적으로 받아들여지지 않으면 일주일 후가 되는 시점부터 총파업이라는 초강수를 띄우기로 했다. 그리고 그렇게 작성된 노동조합의 요구안은 일루전호의 연방정부로 전달되었다.

그런데 노동조합에서 제출한 요구안은 의외로 간단했다. 아니 좀 더 엄격하게 말해서 단 하나였으니, 다름 아닌 노동의 대가로 자신들 역시 일루전호에 탑승하게 해달라는 것이었다.

이 세상에 조합이라는 개념이 처음 생겨난 배경은 아마도 이처럼 순수하지 않았을까? 그리고 이러한 요구가 조합의 형성 취지라는 본질에도 보다 한 걸음 다가서는 것이 아닐까? 하지만 세월이 흐르면서 언제부터인가 조합원들의 요구와 기대치 역시 높아짐에 따라, 점차 조합은 조합원들의 이익분배 나아가 권력을 강화시키기 위한 수단으로 변질되었다. 최초의 목적이었던 단지 위에 군림하는 가진 자들과 비교해서 조금 더 윤택한 삶의 수준으로 끌어올리려는 소박한 꿈. 그리고 함께 살기 위한 상생과 공생의 도리를 망각하고는, 말 그대로 순수함을 상실하고 자기네들의 이익과 권력을 강화하기 위한 철저한 이익 단체로 변해버렸던 것이었다.

노동조합의 단체요구안이 전달되자 일루전호의 연방정부는 긴급 회의를 구성하였고, 그 회의를 통해서 특별 대책반을 편성하여 노동조합과 단체교섭을 하도록 했다. 특별 대책반은 그렉 대표와 직접 만났고, 며칠 동안 끊임없이 의견 조정을 위해서 안간힘을 썼지만, 결과는 협상 결렬뿐이었다.

　　먼저 특별 대책반에서는 지구에 대지진과 쓰나미가 올 것이라는 소문은 어디까지나 조작된 허위일 따름이고, 소문은 소문일 뿐이라는 말로 사실을 은폐하기 시작했다. 하지만 그러한 회유책이 통하지 않게 되자, 그간 다양한 복지정책을 대안으로 내놓아서 달래려고 애쓰기도 하고, 또 군대를 보내 강제로 노동조합을 해산시키겠다며 으름장을 놓기도 하는 등, 당근과 채찍을 번갈아 제시하며 노동조합을 설득하기 위해서 안간힘을 썼다. 심지어 일루전호 탑승을 배제한 다른 요구는 얼마든지 수용 가능하며, 임금 인상과 노동자조합 전원 의료보험가입을 통한 치료비 지급 등까지도 공약으로 내놓기에 이르렀다.

　　하지만 이러한 상황에서 그 어떤 정책이나 공약이 노동자들의 마음을 위로해줄 수 있겠는가? 어쩌면 너무나도 당연히 특별 대책반이 제시한 다양한 대안들은 노동조합에 의해서 단번에 묵살되었고, 또 노동조합의 요구 역시 받아들여질 기미가 전혀 보이지 않았다. 그렇게 하루하루가 지나고, 드디어 총파업까지는 단 이틀만을 남겨놓고 있었다.

"일루전호가 우리의 요구를 받아들일까요?"

"아니 도대체 왜 우리를 받아들일 수 없다는 겁니까?"

"늘 그러했듯이, 필요할 때는 부려 먹다가 쓸모가 없어지니 내치겠다는 건가?"

그날 저녁 노동조합 대표자들이 회의를 열고 있었는데, 한참이나 회의에서 오가는 대화를 그저 묵묵히 듣고 있던 그렉 대표가 입을 열었다.

"현재로써는 협상 가능성이 거의 없습니다."

그 한 마디에 회의장 분위기가 일순간에 가라앉고, 모두의 시선이 그렉 대표에게 쏠렸다.

"관건은 지금까지 일루전호의 개조가 어느 정도 이뤄졌냐는 겁니다. 지금 상황으로 짐작건대, 아마 일루전호에서는 일단 급한 불을 껐다고 판단하는 것 같습니다. 그렇지 않고서야 왜 지금까지 연락이 없겠습니까?"

그렉 대표의 말이 끝나기가 무섭게, 여기저기서 질문이 쏟아지기 시작했다.

"그럼 어떻게 하죠? 예정대로 모레 오전 9시부터 총파업에 들어가는 겁니까?"

"저들이 군대를 보낼 텐데. 그렇게 되면 승산이 없습니다!"

"젠장! 이제 어쩌란 말이야?"

"밑져야 본전인데, 다음 계획으로 갑시다!"

"맞아! 이래도 죽고 저래도 죽을 거면, 한번 붙어 봅시다!"

아수라장이 된 회의장. 묵묵히 그 모습을 바라만 보던 그렉 대표가, 누군가에게 눈짓을 보내고는 입을 열었다.

"우리는 이미 복제 카드키를 확보하고 있습니다. 잠시 후 침투조가 무기고를 털 것이니, 여러분들은 일단 귀가해서 각 거주촌의 노인과 아이들을 예정된 장소로 피신시키세요. 그리고 전투 가능한 인원들을 최대한 많이 데리고 11시에 이곳에서 만나기로 합시다! 이참에 위쪽의 뒤통수를 제대로 한 번 쳐보죠."

같은 시각, 일루전호에서도 연방정부 주최의 막바지 회의가 한창 진행되고 있었다.

"일루전호 개조작업은 일단 거의 끝이 보이고, 또 현재까지의 채취량으로도 이미 충분한 상태입니다. 다만, 이후 만일의 사태에 대비해서 최대한의 여분을 확보하는 중이죠."

"그럼 어차피 협상 타결은 물 건너간 상황이니, 내일 바로 진압을 시작하는 건 어떨까요?"

"아뇨. 그럴 필요까지는 없습니다. 지금 우리에게 필요한 것은 바로 명분이죠. 만약 모레까지 기다리지 않고 우리 쪽에서 먼저 움직이면, 나중에 그 역사적인 비난을 감당할 수 없게 됩니다. 어쩌면 그 책임을 고스란히 우리가 다 져야 할 수도 있다는 말이죠. 따라서 협상 기한이 끝나는 시점인 모레

저쪽에서 총파업을 하면, 그때 진압을 명분으로 치는 쪽이 더 바람직합니다."

"듣고 보니, 그것도 좋은 생각 같습니다."

"그렇군요. 폭동을 일으켰다는 명분으로 저들의 일루전호 탑승 요구를 거부하고, 또 진압을 명분으로 다시 채굴현장에 보낼 수도 있겠군요."

"하하하, 일석이조구만!"

"자 그럼 시간도 많이 늦어졌는데, 만찬장으로 이동하실까요?"

"네, 내일은 많이 바쁠 듯하니, 오늘 저녁을 좀 여유롭게 즐겨야겠군요. 하하하."

"그럼 이쯤 해서 회의를 마치도록 합시다."

사람들이 자리에서 일어나 만찬장으로 가려는 그때였다. 회의장 한쪽 문이 살며시 열리고, 누군가 다급한 발길을 재촉하며 총리에게 다가가 귓속말로 속삭였다. 그리고 놀란 듯한 표정의 총리는 무심결에 큰소리로 한 마디를 내뱉고 말았다.

"뭐? 무기고가 털려?"

노동조합에게 뒤통수를 맞은 일루전호 연방정부는, 즉시 지구로 군대를 보냈다. 하지만 군대가 도착했을 때에는, 이미 각 노동자 거주촌에 머물던 사람들이 모두 어디론가 떠나고 흔적조차 남지 않았을 때였다.

그날 저녁부터 연방정부군과 노동조합 사이의 추격전과

간헐적인 총격전은 밤낮을 가리지 않고 지속되었다. 비록 노동조합이 확보한 무기는 연방정부군의 그것에 비하면 애당초 상대가 되지 않았지만, 노동조합원들은 그 점을 이미 알고 있었기 때문에 최대한 전면전을 피하면서 영리하게 치고 빠지는 전술을 썼다. 특히 그들은 소수가 한팀이 되어 멜버른의 폐허가 되어버린 빌딩 숲을 헤집고 다니며 산발적으로 저항했고, 또 적극적인 전투에 지장을 줄 수 있는 노인이나 아이들을 이미 찾기 어려운 곳에 은신시켰기 때문에, 상대적으로 연방정부군보다 기동력이 더 높을 수밖에 없었다.

하지만 그것은 어디까지나 무기와 식량이 충분한 상태에서의 단기전에서나 가능한 일. 연합정부군의 소탕작전이 시작된 지 한 달이 넘어서자, 상황은 오히려 노동조합에게 불리한 쪽으로 점차 흘러가기 시작했다. 부족한 무기는 연합정부군의 희생자들이 지니고 있던 것들을 회수하는 것이 고작이고, 특히 식량을 확보하려다가 희생되는 인원수가 점차 불어나는 데다가, 인공위성과 탐사용 드론(drone)의 공조로 인해 노동조합의 동선마저 서서히 드러나게 되면서, 연합정부군은 노동조합원들의 활동범위를 점점 좁혀 들어가, 급기야 고양이가 막다른 골목에 생쥐를 몰아넣듯 그들의 목을 조르기 시작했던 것이다.

이제 소탕작전이 시작된 지도 44일째. 연방정부군은 그들의 포위망을 두 블록 정도로 좁혀 들어갔다. 그들은 노동조합원들이 언제 어디서 총격을 가할지 모르는 긴장감 속에서 조심스럽게 이동하고 있었는데, 그때 발밑에서 미약하지만, 확연히 느낄 수 있는 진동이 느껴지기 시작했다.

"뭐지?"

"자네도 방금 느꼈어?"

"그래. 지진인가?"

뭔지 모를 불안감에 웅성이기 시작하는 사이, 연방정부군 저쪽에서, 그들의 공격을 숨죽이며 대비하는 노동조합원들 역시 그 진동을 느낀 듯이 하나둘씩 수군거리기 시작했다. 그리고 그 미약한 진동이 멈추자 연방정부군과 노동조합원들 사이에는 다시 첨예한 긴장감이 흐르기 시작했다. 하지만 그것도 잠시. 아까보다 조금 더 강해진 진동이 느껴지기 시작했다.

"철수! 지금 당장 철수하라!"

순간 다급한 목소리의 신호가 잡히자, 연방정부군들은 갑자기 우왕좌왕하기 시작했다. 그리고 잠시 후 군 트럭들이 도착하자, 군인들을 태우고는 속속 그곳을 벗어나기 시작했다.

너무나도 갑작스러운 그 모습을 먼발치에서 바라보던 노동조합원들은 눈이 둥그레져서 서로를 쳐다보며 물었다.

"무슨 일이지?"

"소탕을 포기한 건가?"

그들과 함께 최후의 일전을 준비하던 그렉 대표는 뭔가를 생각하더니, 순간 자기도 모르게 인상을 쓰면서 중얼거렸다.

"제길, 벌써 온 건가?"

**

도심 반대편 채굴현장에서 감독하고 있던 김 박사 일행 역
시, 연락을 받고 서둘러서 몸을 지프차로 옮겼다. 왕복선 탑
승장에 도착해서 들어가려는 찰나, 김 박사는 뭔가 생각난 듯
다급하게 말했다.

"그렉 교수도 데려가야 해!"

잠시 무슨 말인지 몰라 어안이 벙벙해 하던 월츠가, 갑자
기 놀란 듯 눈을 크게 뜨며 외쳤다.

"그렉 교수를 만났어? 어디서? 왜 나한테는 말하지 않은
거야!"

월츠의 물음에 대답할 사이도 없이, 김 박사는 탑승장 출
구 쪽으로 뛰어 나갔고, 월츠는 그런 김 박사를 반사적으로
잡아채며 소리쳤다.

"늦었어! 지금 당장 가야 해! 쓰나미가 밀려오는 속도가
얼마나 빠른지는 자네도 잘 알잖아?"

월츠는 육중한 체구로 발버둥 치며 그렉 교수를 찾으러 가
겠다는 김 박사를 제압한 채, 탑승구 쪽으로 질질 끌고 들어
갔다.

조우

그리고 잠시 후 지상에서 발사한 왕복선 저 너머 바다 쪽으로, 높이조차 가늠이 되지 않는 거대한 해일이 서서히 다가오는 모습이 보이기 시작했다.

19

그랜드 알리앙스호 의장은 계속해서 학생 시절 역사 선생님의 수업을 떠올렸다.

"부득이한 선택이었다고는 하지만, 북반구의 대지진과 그 여파로 발생한 거대 쓰나미가 남반구를 집어삼켜 버리자, 일루전호는 일대 충격에 빠지고 맙니다. 그리고 그 모습을 실제로 겪은 연방정부 역시 '우리가 도대체 인류에게 무슨 짓을 한 건가?'라고 생각하며, 자신들의 선택에 경악하게 되지요."

때늦은 감이 있지만, 일루전호 연방정부는 그나마 살아남은 인류라도 데려와야겠다는 간절한 심정으로 탐사용 드론을 지구에 보냈다. 하지만 탐사 후 드론이 보내온 것은 인류가 지구에 살아남을 확률이 0%라는 참담하고도 절망적인 소식뿐이었다.

"그때야 비로소 일루전호는 상생이 얼마나 중요한 것인지 새삼 깨닫게 됩니다. 그랜드 알리앙스호에는 '백성이 존재하지 않으면, 지도자는 부릴 대상이 없게 된다.'라는 격언이 있지 않던가요? 돈이나 권력을 아무리 많이 가지고 있어도 그것을 써먹을 대상이 없어지게 되면, 상위 1%나 0.1% 심지어 0.01%라는 개념 역시 아무런 의미가 없게 되니까요. 이제 일루전호의 모든 구성원들은, 원하는 것이 있다면 결국 그들 스스로가 팔을 걷어붙이고 직접 해내야 한다는 사실을 깨닫게 됩니다."

아름다움이 부각되는 이유는 아름답지 못함이 그것과 함께 존재하기 때문이다. 이를 일컬어 공생 또는 상생이라고 한다. 가진 자가 그렇지 못한 자의 존재에 대한 고마움을 모른 채 그저 그것을 당연한 것으로만 받아들인다면, 결국에는 혼자만의 세상이 되어버린다. 99%를 떠난 1%는 존재할 수 없다. 돈이 아무리 많아도 또 권력이 아무리 강하다 해도 그것들을 사용할 수 있는 대상이 없다면, 그것들은 더 이상 아무런 가치도 인정받을 수 없는 법이다. 이제 일루전호는 이 처절한 경험을 통해서나마 지위의 고하나 재산의 유무를 막론하고 서로가 함께 의지하며 같이 가야 한다는 아주 간단한 진리를 깨우쳤지만, 때는 돌이킬 수 없을 만큼 너무나도 늦어버렸다.

"그 뒤로 일루전호는 지구에서 비참한 운명을 맞이한 동족들의 비극을 애도하며, 이름을 그랜드 알리앙스(Grand Alliance)호로 바꾸게 된 것입니다."

바로 이때부터 기존의 연방정부에서, 지금의 의장과 7인의 의원들로 구성된 최고 지도자회의 체제로 바뀌게 된 것이다. 또한 이 해를 그랜드 알리앙스 원년으로 삼아서 다시 인류의 발전이라는 오랜 항해를 시작하게 되었고, 모든 법률과 정책 역시 현재의 그랜드 알리앙스 시스템으로 다듬어지게 되었다.

이러한 일련의 변화들과 더불어 동시에 진행된 또 하나의 커다란 숙제가 있었는데, 그것은 다름 아닌 전체 구성원들의 원활한 소통을 위한 언어 통일이었다. 비록 영어라는 공용어가 이미 존재하고는 있었지만, 실제 구성원들이 쓰는 영어라는 것이 발음, 문법, 단어, 스펠링 등 제 방면에서 너무나도 제각각이어서, 오히려 소통에 커다란 장애가 되었던 것이다.

따라서 기존의 일루전호 때부터 존재했던 언어통일정책위원회 업무를 승계하여, 그랜드 알리앙스호 최고 지도자회의는 표준어 제정위원회를 구성하였고, 모든 언어학 관련 전문가들을 소집하여 영어를 수술대 위에 눕히게 했다.

표준어 제정위원회는 먼저 상용되는 3,000여 개의 단어를 선별하여 발음을 통일하고, 번잡한 스펠링은 최대한 이니셜(initial)로 압축하는 작업부터 시작했다. 이어서 손을 댄 부분은 문법인데, 이 역시 문장구조를 최대한 간소화하여 향후 후

대의 교육 및 학습효과 극대화까지도 고려했다. 그리고 이러한 오랜 출산의 고통을 통해서 얻은 결과물이 바로 '엥글로브(ENGLOBE)'다.

"물론 지금 저와 여러분들이 소통하고 있는 언어인 이 엥글로브는 당시의 것과는 분명한 차이가 있습니다. 2,000년이라는 긴 세월을 통해서 단어 발음들은 조금씩 변해왔고, 문자와 표현법이 더욱 간소화되었으며, 심지어 문자의 모양에서도 적잖은 변화들이 있었죠. 따라서 지금의 우리가 당시 최초로 제정된 엥글로브를 접하게 되면, 언어소통이나 문자해독에 많은 어려움이 있을 겁니다."

그렇게 그랜드 알리앙스호는 2,000년이 넘는 인고의 세월을 헤쳐서 지금까지 버텨왔다. 비록 그때 그 사건 이후로 지구에 살아남은 인류가 전무하게 되었지만, 그래도 이 그랜드 알리앙스호에서나마 살아남은 인류는 당장의 삶을 꾸리고, 또 궁극적으로는 종족 유지라는 더 큰 임무를 완수하기 위해서라도, 지구와 함께해 온 것만큼은 부정할 수 없는 사실이다. 그런데 그런 지구가, 인류의 오랜 벗이, 아니 인류를 감싸주고 보호해주던 모성이 이제는 존재조차 하지 않는다. 가까이 가는 것은 고사하고, 더 이상은 보고 싶어도 볼 수 없는 존재가 되어버린 것이다.

생각이 여기에까지 미친 의장의 눈시울이 붉어지며 촉촉

해지려는 바로 그때였다. ER-20에서 실시간 전송하는 화면에 뭔가가 잡히기 시작했다. 지구가 화성과 충돌하여 발생한 섬광이 서서히 줄어들더니, 그 자리에 작은 물체 하나가 잡히는 것이 아닌가. 뭐라고 딱히 설명할 수는 없지만, 그 물체는 점점 크기가 커지기 시작했다. 그런데 그 물체가 커지는 속도가 육안으로 보기에도 엄청나게 빨라지더니, 일순간 화면전송이 중단되고 말았다.

"ER-20이 파괴된 건가? 아니면 그 이상한 물체가 삼켜버린 건가?"

화면을 응시하던 함장이 혼잣말로 중얼거렸다. 그런데 잠시 후.

"함장님, 구간별로 배치한 감시용 드론들과의 교신이 갑자기 끊기고 있습니다."

통신담당이 놀라서 큰 소리로 함장에게 보고했다.

"무슨 소리야?"

"모르겠습니다. 아무런 이유도 없이 갑자기 교신이 두절되었습니다. ER-20을 두 행성의 충돌지점 부근으로 보낸 이후 지금 이 지점까지, 그동안 만일의 상황에 대비해서 그랜드 알리앙스호 항해 경로를 따라서 구간별로 감시용 드론들을 배치해왔는데, 지금 그 드론들과의 교신이 차례로 끊기고 있습니다!"

"방향은?"

"행성 충돌지점에서 이쪽으로 향하고 있는데, 속도가 엄청납니다!"

"그게 뭔지 파악할 수 있겠는가?"

"레이더에도 잡히지 않고 화면 전송도 안 되니, 현재로써는 무엇인지 알 수 없습니다."

그 순간 함장은 뭔가가 떠오른 듯 다급하게 외쳤다.

"ER-20이 마지막으로 전송한 장면 재생시켜. RA팀 호출하고. 지금 당장!"

미디어 담당이 화면을 재생시키자, 그 장면을 뚫어져라 바라보던 함장이 RA팀과 연결된 다른 쪽 모니터를 바라보며 물었다.

"RA(Radio Astronomy: 전파천문학)팀이 보기엔 어떻소?"

"글쎄요. 분석하기엔 시간이 너무 짧습니다."

"지금 그럴 시간이 없소!"

"화면으로만 보기엔 블랙홀 같기도 합니다만."

말이 끝나기가 무섭게, 함장은 모니터를 통해서 의장에게 보고했다.

"의장님, 어떻게 할까요?"

하지만 의장은 그 어떠한 말도 할 수 없었다. 그저 팔짱을 낀 채로 오른쪽 손가락으로 바싹 타들어 가는 입술을 만지작거릴 뿐. 그렇게 또 얼마나 시간이 흘렀을까? 또다시 통신 담당이 큰 소리로 함장에게 보고했다.

"함장님, 일부 구간의 드론들은 아직까지 통신이 되고 있습니다!"

"그게 무슨 말인가?"

"그랜드 알리앙스호가 있는 현 위치에서 그리 멀지 않은 구간에 배치된 드론들은 지금까지 영상을 보내오고 있습니다."

"그렇다면?"

"네, 그 미확인 물체가 세력 확장을 멈춘 것 같습니다."

그 말을 들은 중앙통제센터의 구성원들은 모두들 약속이나 한 듯, 깊은 안도의 한숨을 내쉬었다. 하지만 다른 이들과 달리 함장은 홀로 깊은 고민에 빠져들었다. '그간 그랜드 알리앙스호는 인류가 정착할 수 있는 행성을 찾기 위해서 2천 년이 넘는 세월을 헤매며 우주에서 방랑해왔지만, 그 지구 최후 인류의 생존 아니 종족보존이라는 미명하에 시작된 기나긴 시도 끝의 결과는 오로지 실패 하나였다. 어쩌면 이것이 우리에게 주어지는 처음이자 마지막 기회는 아닐까?' 함장은 생각이 여기에까지 미치자, 심호흡을 한 번 하고는 모니터를 응시했다. 그리고 그렇게 한참을 우두커니 서 있던 함장은, 모니터에 비춰지는 의장을 바라보면서 조심스레 입을 열었다.

"함장입니다. 이미 들으셨다시피 블랙홀로 추정되는 물체가 확장을 멈춘 것 같습니다."

함장의 최종 보고에 의장이 안도의 표정을 짓자, 그 모습을 바라보던 함장은 잠시 후 다시 말을 이었다.

"제 개인적인 소견입니다만, 이제 이 태양계에 계속 머무르는 것은 시간 낭비입니다. 차라리 이 기회에 새로운 시도를 하는 것이 어떨까요?"

함장의 발언은 어찌 보면 청천벽력과도 같았다. 하지만 중앙통제센터 인원들의 반응은 의외로 담담했다. 이에 모든 이들의 이목이 오히려 의장에게로 집중되었는데, 사실 의장 역시 함장의 의도를 누구보다도 더 잘 이해하고 있었다. 아니 어쩌면 함장의 말이 곧 그동안의 의장 나아가 그랜드 알리앙스호 구성원 대부분의 생각과도 같다고 표현하는 것이 더 맞을지도 모른다. 그동안 그랜드 알리앙스호는 지구에서 물과 희토류를 꾸준히 공급받고, 또 태양열을 통해서 전력을 공급받고 있었는데, 이제 더 이상은 지구에 의존할 수 없는 지경에 이른 것이다. 그렇다면 이제 그랜드 알리앙스호가 할 수 있는 선택은 두 가지밖에 없었다. 하나는 그랜드 알리앙스호의 운명이 다 할 때까지 계속해서 이 태양계에 남아 있는 것. 그리고 또 하나는 이 미확인 물체가 블랙홀이 맞다면, 그 블랙홀을 통해서 미지의 영역을 개척하는 것이었다. 물론 블랙홀로 들어갔다가 영영 돌아올 수도, 심지어 살아남을 수 없을지 모르지만.

의장은 잠시 화면에서 눈을 떼어, 앞에 앉아 있는 일곱 명

조우

의 의원들 눈을 번갈아 쳐다보면서 말했다.

"이제 인류의 운명이 우리에게 달린 듯합니다."

그러자 모두들 마치 약속이나 한 듯이 동시에 고개를 끄덕였다. 이에 의장은 결심을 한 듯 입술을 한 번 꽉 물고는, 모니터를 통해서 비춰지는 함장의 모습을 서서히 쳐다보며 입을 열었다.

"어차피 인류의 역사는 개척의 역사 아니었던가요?"

의장의 말에, 함장은 바로 고개를 돌려 큰 소리로 말했다.

"항로를 바꿔서, 왔던 길로 되돌아간다!"

그랜드 알리앙스호는 속도를 낮춰서 육중한 몸을 서서히 돌렸고, 방향을 잡은 후에 다시 전속력으로 항해를 하기 시작했다.

그리고 그렇게 왔던 길로 다시 내 달린 지도 많은 시간이 지나서 하나둘씩 긴장감을 풀어 던지고 있을 때, 그랜드 알리앙스호 앞에는 드디어 블랙홀로 보이는 물체가 서서히 그 신비스러운 모습을 드러냈다. 이에 중앙통제센터와 최고 지도자회의 구성원들은 다시 긴장감 어린 침묵으로 앞을 응시했고, 잠시 후 함장이 명령을 내렸다.

"모든 추진체를 끄고, 사용전력을 최소화한다. 스텔스와 실드 작동하고 전원 착석!"

거대한 그랜드 알리앙스호의 모든 추진체가 꺼지고, 전체에 방어막이 쳐졌으며, 마지막으로 스텔스 기능이 켜지자 함체가 육안에서 사라지기 시작했다. 이제 모든 인원은 자리에 앉아서 안전벨트를 착용하고 하나둘씩 눈을 감기 시작했다.

"제발!"

잠시 후 그랜드 알리앙스호는 블랙홀 영향권에 진입한 듯, 심하게 흔들리기 시작했고, 모두들 감은 눈을 더 꽉 감은 채로 고개를 숙였다.

20

얼마나 지났을까? 함장이 눈을 떠보니, 중앙통제센터 여기저기서 사람들이 하나둘씩 다시 정신을 차리기 시작했고, 그들보다 먼저 깨어난 몇몇은 벌써 통제센터의 기기들을 점검하고 있었다. 함장은 안전벨트를 풀고 일어나서, 상황을 정리하기 시작했다.

먼저 그랜드 알리앙스호가 블랙홀에 빨려 들어간 동안 함체에 큰 이상이 없었는지를 확인했는데, 그 결과 블랙홀에 함께 빨려 들어간 행성 파편들과의 충돌로 인해서 몇몇 손상된 부분들을 발견했다.

그나저나 지금 그랜드 알리앙스호는 대체 어디에 있는 것일까? 초보적인 조사 결과 현재 그들의 반경 5,000km 안에 잡히는 행성이나 다른 물체는 없는 것으로 확인했다. 이에 함장은 실드를 풀어 방어막을 제거했지만, 만일의 사태에 대비해서 스텔스 기능은 계속 유지하도록 지시했다.

비상상황 지침서대로 초보적인 방어체계를 구축한 함장은, 이어서 RA팀을 다시 호출했다. 급한 불은 어느 정도 다 껐으니, 이제 본격적으로 그랜드 알리앙스호의 위치, 보다 엄밀히 말해서 지금 그들이 어느 태양계나 혹은 어느 은하계에 있는 것인지 파악할 필요가 있었다. 자신이 어디에 있는지조차 모르는 상태에서 함부로 움직이는 것은 오히려 위험할 수 있으므로, 그랜드 알리앙스호는 RA팀의 최종 보고서가 올라올 때까지 현 위치에서 계속 대기하기로 했다. 그리고 블랙홀을 지나는 동안 행성 파편들과의 충돌로 인해 손상된 부분들을 수리하기 시작했다.

함체를 수리하는 기간 동안 RA팀에서 속속 올린 중간 보고서들의 내용은, 뜻밖에도 매번 그랜드 알리앙스호 전체에 놀라움 그 자체를 선사하고 있었다. 가장 먼저 올라온 보고서의 내용은 지금 위치로부터 북동쪽 방향으로 행성들이 운집해 있는데, 최고 속도로 항해하면 대략 한 달 정도 후에 도착할 수 있는 거리에 있다는 것이었다. 그런데 이보다 더욱 재미있는 것은, 바로 그다음의 보고서 내용에 있었다. 지금 이곳이 어디인지는 모르지만, 그랜드 알리앙스호가 정말 운이 좋게도 하나의 태양계 내에 있다는 사실이었다. 이 태양계가 본디 지구가 속해 있던 '우리 태양계'인지, 아니면 '우리 은하계' 내의 또 다른 태양계인지, 그것도 아니라면 다른 은하계에 존재하는 수많은 태양계 중의 하나인지는 잘 모르지만.

이를 좀 더 구체적으로 풀어서 말하자면, 당시 지구가 속해 있던 태양계는 태양을 중심으로 수성-금성-지구-화성-목성-토성-천왕성-해왕성-명왕성 순서의 '우리 은하계'로 명명된 거대한 은하계에 속한 무수한 태양계들 중의 하나에 불과하다. 그리고 광활한 우주에는 이러한 은하계가 수도 없이 많이 존재하고, 그 존재조차 파악되지 않은 은하계도 분명히 수없이 많을 것이다. 따라서 지금 그랜드 알리앙스호가 해야 하는 급선무는 바로 그들이 애당초 지구가 속한 태양계에 그대로 있는 것인지, 아니면 그 태양계가 속한 '우리 은하계'의 또 다른 태양계에 있는 것인지, 그것도 아니라면 전혀 다른 은하계의 수많은 태양계들 중 하나에 있는 것인지를 파악하는 일이었던 것이다. 하지만 어찌 되었던 간에 일단은 그랜드 알리앙스호의 모든 전력이 태양열 충전에 의존한다는 사실을 감안하면, 지금 이 상황은 일차적으로나마 나름대로 안정적이라고 할 수 있을 것이다. 그리고 또 하나의 중요한 사실은, 만약 이곳이 최소한 애당초 지구가 존재하던 태양계가 아니라면, 그것은 최소한 이 태양계 내에 인류가 정찰할 수 있는 환경조건이 갖춰진 새로운 행성이 존재할 수도 있다는 가능성이 있다는 것이다.

21

얼마 후 그랜드 알리앙스호에 있는 모든 인력과 자재들을 동원하여, 함체의 주요 손상 부분들을 수리했다. 비록 자재 부족으로 특히 후미 부분이 완전하게 수리되지는 않았지만, 북동쪽 방향에 위치한 목표지점까지 가는데 큰 지장을 주지는 않을 것 같았다. 따라서 수리가 미완성된 부분들은 희토류가 매장된 행성을 찾아서 처리하기로 했다.

최고 지도자회의는 더 이상 이곳에서 지체할 이유가 없으므로, 함장에게 전속력으로 북동쪽 방향을 향해서 항해할 것을 지시했다. 한 달. 이제 한 달이면 그랜드 알리앙스호 아니 인류의 새로운 운명이 결정된다. 최고 지도자회의와 함장을 포함한 모든 사람들은 하나 된 마음으로, 제발 이곳이 지구가 있던 태양계만 아니기를 간절히 기도했다.

지구는 태양계의 일부에 불과하다. 그리고 그러한 태양계는 그것이 속한 은하계의 범위와 비교하자면, 마치 거대한 소나무 한 그루에 매달려 있는 솔방울 하나와도 같다. 또 그러한 은하계는 우주 전체와 비교하자면, 마치 바닷가의 모래 알갱이 한 알과도 같을 수도 있고.

함장은 앞을 바라보면서 생각했다. '설마하니, 이 많은 가능성들을 놔두고 아직도 지구의 태양계에 머물러 있을까? 아니, 그럴 수 있는 확률은 지극히 낮다'라고. 만약 이 기회를 통해서 지구의 태양계를 벗어날 수만 있다면, 어쩌면 오히려 이러한 상황을 만들어준 블랙홀에게 천 번이고 만 번이고 감사의 뜻을 표할 수도 있다고 말이다.

그렇게 끝없는 적막함 속에서 묵묵히 앞을 향해 우주의 바다를 항해하는 그랜드 알리앙스호와 또 그 안에서 이런저런 생각에 사로잡혀있는 사람들에게, 다시 새로운 RA팀의 보고서가 도착했다. 함장은 자신의 자리에 앉아서, 모니터를 통해 최고 지도자회의의 토론 장면을 지켜보고 있었는데, 화면을 통해 드러난 최고 지도자회의의 구성원들 표정이 하나같이 모두 굳어져 있었다.

"그래서 이 보고서의 내용대로라면, 우리가 있는 지금 이 태양계의 행성 배치가 지구가 속한 태양계의 그것과 일치한다는 말입니까? 확실해요?"

최고 지도자회의 일곱 명의 의원 중 하나가 다소 상기된 목소리로 물었다. 이에 브리핑을 하고 있던 RA의 행정팀장이 입을 열었다.

"현재까지 나온 데이터 결과로는 그렇습니다. 다만……."

"'다만'이라니, 그럼 그밖에 또 무슨 가능성이 있다는 겁니까?"

팀장이 말을 계속 이었다.

"태양계의 행성 배치만으로, 여기가 우리가 있던 태양계라고 단정 지을 수는 없습니다. 아시다시피 우리는 블랙홀을 통과했고, 그 결과가 가져온 것이 무엇인지를 완벽하게 파악하는 데는 좀 더 시간이 필요합니다."

"그럼 확실하게 파악하려면, 무엇이 더 필요합니까? 뭐든 지 다 말하세요!"

또 다른 의원이 답답하다는 듯 거침없이 말하자, 행정팀장이 다시 입을 열었다.

"탐사선 ER-20 여러 대를 동시에 주변 행성들에 보내서 조사하는 겁니다. ER-20이 보내오는 실시간 데이터들을 기존의 것들과 비교해보면, 이 태양계가 어딘지 확실하게 알 수 있습니다."

"더 필요한 지원은 없습니까?"

"여기에다 더 시간을 아끼려면, 우리 그랜드 알리앙스 호는 곧바로 골디락스 존에 있는 행성으로 가야 한다는 겁니다."

골디락스 존(Goldilocks Zone)은 과거 옛 지구의 영국동화 속 주인공 이름이다. '골디락스'라는 이름의 소녀가 숲 속에 갔다가 길을 잃고 헤매다 오두막을 발견했는데, 이 오두막의 주인은 다름 아닌 아빠와 엄마 그리고 새끼곰 가족이었다. 마침세 마리 곰은 집에 없었고 식탁에는 세 그릇의 수프가 놓여 있었는데, 하나는 막 끓여 놓은 뜨거운 수프고, 하나는 식어서 차가운 수프였으며, 다른 하나는 뜨겁지도 차갑지도 않아서 먹기에 적당한 수프였다. 골디락스는 그 적당한 수프를 먹었고, 바로 여기서 골디락스 존이라는 말이 탄생했다. 즉 골디락스 존이란 태양에서 가까워서 너무 뜨겁거나, 멀어서 너무 차갑지 않은, 지구와도 같이 살기 적합한 지점에 놓인 행성들을 일컫는 말인 것이다.

이에 손에 깍지를 낀 채로 묵묵히 지켜보던 의장이 입을 열었다.

"다른 대안이 없는 듯하군요. 함장?"

의장이 모니터를 통해서 함장을 쳐다보자, 함장이 낮지만 절도 있는 목소리로 말했다.

"네, 지금 바로 준비하겠습니다!"

**

그랜드 알리앙스호는 그렇게 계속해서 전속력으로 이 태양계의 골디락스 존을 향했다. 그저 지구가 아니기를 바라는 마음으로. 그리고 며칠 후에는 다른 주변의 행성 탐사 준비를 마친 세 대의 ER-20 탐사선이 보내졌다.

그렇게 시간들은 흘러갔고, 이제 저 멀리서 골디락스 존에 있는 행성이 서서히 윤곽을 드러내기 시작했는데, 잠시 후 RA의 행정팀장이 최고 지도자회의에 모니터 보고를 해왔다.

"지금 분석 결과가 나왔는데, 이곳이 지구의 태양계와 기본적으로 일치하지만, 하나 다른 것이 있는 것으로 밝혀졌습니다."

"그게 뭔가요?"

의장이 말하자, 행정팀장이 계속해서 말을 이었다.

"골디락스 존에 위치한 행성에 위성이 딸려 있는 것으로 확인되었습니다."

그 말에 모두들 순간 숨이 멎은 듯, 아무 말이 없었다.

"그럼? 여기는……."

의장이 말을 마치기도 전에, 행정팀장이 얼굴에 희색이 만연하여 말했다.

"네, 다른 태양계인 듯합니다."

만약 이곳이 지구가 있는 태양계라면, 골디락스 존에 있는 행성은 틀림없이 지구일 터이다. 그런데 엉뚱하게도 지구라고 여겨진 이 행성 주위를 온전한 위성이 돌고 있다고 하니, 이미 두 동강이 나버린 달이 그동안 다시 원상태로 복구되었을 리는 만무했던 것이다. 이것이야말로 그랜드 알리앙스호가 최소한 다른 태양계나, 심지어 다른 은하계로 이동했다는 확실한 증거가 아니고 무엇이겠는가?

RA팀장의 보고에, 그랜드 알리앙스호 전체는 일순간 열광의 도가니에 빠져들었다. 보내진 세 대의 ER-20 탐사선이 아직 실시간 동영상과 사진들을 보내온 것은 아니지만, 이 정도면 99.9% 확신한다 해도 큰 문제는 없는 듯했다. 그리고 이제 이 태양계가 구체적으로 어떤 것인지 그리고 어느 은하계에 속한 것인지를 알아내는 것은, 더 이상 가장 시급한 문제가 아니었다.

"어떻게 지구의 태양계와 이렇듯 흡사할 수가 있지? 정말 신기하네!"

"아무튼, 우주의 신비는 그 끝을 알 수가 없다니까!"

"그러게 말이야. 하여튼 죽으란 법은 없군! 하하하"

모두들 방금까지 마음속에 담아놓았던 우려를 말끔히 씻어낸 듯, 한결 밝아진 목소리로 연신 여유 있는 감탄사들을 쏟아내기 시작했다.

그리고 잠시 후 그랜드 알리앙스호에 장착된 고화질 카메라를 통해서, 골디락스 존에 속한 행성이 서서히 그 위용을 드러내기 시작했다. 녹색과 적색의 색채가 오묘하게 조화를 이룬 평지의 토양. 새하얀 모자와 초록색의 드레스를 걸쳐놓은 것과도 같은 산맥들, 무엇보다도 말로만 듣던 푸른 비단결을 펼쳐놓은 듯 행성을 감싸고 있는 바다. 지금 눈앞에 펼쳐지고 있는 이 모든 것들은 골디락스 존에 있지 않으면 애당초 존재하기가 불가능한 모습들이었다.

역시 모니터를 통해서 그 모습을 바라보던 의장은 갑자기 온통 어두운 회색의 잿빛으로 둘러싸인 옛 지구의 모습을 떠올렸다. 그리고 역사 선생님의 말씀이 생각났다.

조우

"아주 오래된 과거의 지구는 지금의 모습과는 너무나도 다르게, 진한 녹색의 토양과 파란 빛깔의 바다를 품고 있었다고 합니다."

순간 의장은 '어쩌면 역사 선생님께서 말한 지구의 옛 모습이라는 것이 지금 눈앞에 보이는 이 행성과도 무척이나 흡사하지 않았을까?'라는 생각을 했다.

이제 그랜드 알리앙스호에서 취해야 할 첫 번째 조치는 이 행성에 좀 더 가까이 다가간 후 적당한 곳에 자리를 잡고, 드론들을 내보내 행성의 환경이 인류의 생존에 적합한지에 대해서 조사하는 것이었다. 또 지질을 파악하여 필요한 희토류들이 매장되어 있는지도 물론 확인해야 할 대상일 것이다. 아무튼, 이제부터 해야 할 적잖은 일들이 갑자기 생긴 듯했다. 그래도 이건 즐거운 고민에 속할 터지만.

22

그랜드 알리앙스호가 점차 행성으로 접근하자, 이제 어느 정도 육안으로도 행성의 모습을 파악할 수 있게 되었다.

최고 지도자회의의 결정에 따라서 드론들을 행성으로 보낼 채비를 마치자, 함장이 지시를 내렸다.

"이 행성에는 어쩌면 이미 생명체가 존재할지도 모른다. 따라서 스텔스 기능을 작동하고 드론들을 보내도록!"

행성의 대기와 수질 등의 기초자료를 모으기 위해서 드론들이 행성으로 출발했다. 그런데 드론이 떠난 후 얼마 지나지 않아서, 이상한 현상이 관측되었다. 태양광에 노출되지 않은 이 행성의 어두운 면에서 하나둘 이상한 물체들이 감지되기 시작한 것이다. 그것은 마치 작은 불빛들을 모아놓은 것과도 같아 보였다.

"잠깐, 저게 뭐지?"

함장의 말에, 중앙통제센터 여기저기서 웅성거리기 시작했다. 최고 지도자회의 역시 같은 곳을 응시하고 있었다. 그리고 행성의 자전으로 인해서 시간의 흐름에 따라 점점 더 어두워지는 표면에는, 불빛이 더 강렬해지고 그 숫자도 기하급수적으로 불어나고 있는 것이 선명하게 드러났다.

"이건 마치 이미 설치된 전구에 불이 들어오는 듯한 모양이군. 가만, 그렇다면 혹시?"

표면이 어두워지자 환하게 불이 켜진다는 것은, 이 행성에 생명체가 존재한다는 최소한의 단서가 될 터이다. 그런데 거기다가 이미 설치된 전구. 그리고 그 전구의 불을 켠다는 것은, 최소한 이 행성에 도구를 사용할 줄 아는 진화된 생명체가 존재한다는 결정적인 증거가 될 수 있었다.

"함장님, 앞쪽에 몇몇 소형 물체들이 행성을 따라서 돌고

조우

있는 것으로 파악됐습니다.”

가뜩이나 생각이 복잡해지는데, 계속해서 뜻하지 않은 보고까지 올라오자 함장은 약간 당황한 듯했다.

“뭐라고? 그게 뭔지 확대해봐!”

카메라가 그 물체 중에서 하나를 줌-인하여 확대시키자, 화면에 윤곽이 명확하게 드러났다. 언뜻 보기에는 형체가 인공위성과도 같은데, 뭔가 덩치도 크고 둔탁한 것이 대단히 엉성해 보였다. 자신의 자리에 앉아서 화면에 들어오는 그 물체들을 계속해서 바라보던 함장은, 팔짱을 한 채로 오른쪽 손가락들을 이마에 대고 뭔가 한참을 골똘히 생각하더니 갑자기 중얼거렸다.

“상황이 심상치 않아. 아무래도 일단은 상부에 보고해야겠군!”

함장은 자리에서 벌떡 일어나 즉시 이 일을 최고 지도자회의에 보고했고, 마찬가지로 모니터를 통해서 그 장면을 보면서 비슷한 생각을 하고 있던 최고 지도자회의 구성원들의 모든 시선이 순간 의장에게로 쏠렸다.

“음, 제 생각도 여러분들과 같습니다. 이 행성에는 분명 상당한 수준의 문명을 지닌 생명체들이 살고 있는 것이 틀림없습니다.”

역시나 한참을 생각하던 의장이 마침내 입을 열었다. 그리고 모니터에 비춰지는 함장을 쳐다보면서 말을 이었다.

"제 생각엔, 이 정도의 문명을 지닌 생명체들이라면 충분히 대화가 될 수 있을 것 같습니다만, 여러 의원님들의 생각이 어떨지 오히려 궁금하군요."

의장은 고개를 돌려 의원 하나하나의 눈을 맞췄지만, 7명의 의원들은 서로의 눈치만을 살필 뿐, 누구 하나 선뜻 말문을 여는 이가 없었다. 그러자 함장이 말했다.

"만약 그들이 아군이 아닌 적군이라면 어떡하죠?"

함장의 말이 너무 정곡을 찌른 것일까? 이 질문은 의장마저도 굳게 입을 다물도록 만들어버렸다. 잠시 후 의장이 말했다.

"그럼, 함장의 생각은 어떻소?"

그러자 함장은 마치 이 말을 기다렸다는 듯 바로 대답했다.

"어쩌면 지금 이 순간이 인류 역사상 최초의 다른 생명체와의 조우(遭遇)가 될 것입니다. 그런데 우리의 생각과 달리 저들이 우리에게 적대적으로 나온다면, 그건 우리에게 너무나 큰 시련이 되겠지요."

시선을 돌려서 잠시 앞에 펼쳐진 행성을 바라보던, 함장이 계속해서 말을 이었다.

"따라서 제 생각에는 우선 이 행성에 저희에게 가장 필요한 희토류가 매장되어 있는지를 파악하는 것이 급선무입니다. 만약 있다면 채취해서 먼저 그랜드 알리앙스호의 파손된

조우

부분을 완전하게 수리하고, 그런 다음에 행성의 생명체들과 대화를 시도해도 늦지 않을 것입니다. 또한……."

"또한?"

의장이 궁금한 듯 묻자, 함장은 잠시 머뭇거리다가 뭔가 결심한 표정으로 말했다.

"방금 포착된 저들의 인공위성인 것으로 판단되는 물체의 제작수준으로 미뤄봤을 때, 최악의 상황이 발생한다고 해도 저희에게 크게 불리할 것 같지는 않습니다."

함장과의 연락을 마치고, 의장과 의원들 사이에서는 한참 동안의 토론이 이어졌다. 그리고 중앙통제센터에서 대기 중이던 함장은 마치 깊은 생각에 빠진 듯, 아니면 아무런 생각 없이 최고 지도자회의의 결정을 기다리는 듯 눈앞의 행성만을 뚫어져라 쳐다보고 있었다. 그렇게 있기를 한참, 잠시 후 모니터가 켜지고 의장의 모습이 눈에 들어왔다.

"함장, 일단 그랜드 알리앙스호가 행성의 대기권에 진입하는 것을 허락하겠소. 최대한 시간을 단축하여 희토류를 찾아내 운반토록 하시오. 대화를 시도하는 것은 그다음으로 넘기도록 합시다."

"네, 알겠습니다!"

함장은 곧바로 행성이 태양광에서 벗어나 어두워지는 면의 대기권으로 진입시키도록 했다. 그리고 그랜드 알리앙스호가 행성 대기권에 적당히 자리를 잡자, 이어서 GR팀에게

연락을 취하여 이 행성의 회토류 매장위치를 파악하게 하는
한편, RA팀에게도 이 행성의 정확한 소재 파악에 박차를 가
하도록 했다.

　때마침 행성 탐사를 보냈던 드론 세 대가 돌아왔다. 이에
그들이 가져온 표본들을 분석한 결과, 예상대로 대기에는 충
분한 산소가 포함되어 있는 것으로 나타났다. 하지만 그랜드
알리앙스호 내부의 것과 비교했을 때 바이러스성 세균들이
다수 검출되었고, 수질 역시 정화 과정이 반드시 필요한 수준
이었다. 따라서 만에 하나 행성의 대기에 노출될 경우를 대비
하여, 우선적으로 채광선에 탑승하는 인원들 전원은 출발하
기 전에 항바이러스 주사를 맞아야 했다. 그리고 잠시 후, 그
랜드 알리앙스호에서 두 대의 채광선이 빠져나가는 모습이
보였다.

조우

2

낯선 조우 遭遇

-꿈-

1-1

수 시간 후 두 대의 채광선이 차례로 그랜드 알리앙스호로 복귀했고, 각 팀장들은 모두 희토류의 매장 여부 및 구체적인 매장 위치를 확인했다고 보고했다. 하지만 이제 앞으로 풀어야 할 이보다 더 큰 난제는, 어떻게 이 행성 생명체들의 눈을 피해서 채굴하느냐라는 것이었다.

"두 대 모두 발각될 뻔했단 말인가요?"

"네. 하지만 적외선 탐지기로 그들이 접근하는 것을 사전에 파악하여 벗어났으므로, 그들이 우리의 실체에 대해서 확실하게 인지하고 있는 것 같지는 않습니다."

함장의 말에 의장은 잠시 생각을 하더니, 이내 다시 입을 열었다.

"이 행성에서는 아직까지 우리의 존재에 대해서 별다른 낌새를 눈치채지는 못한 게 확실한가요?"

"네, 다행히도 아직까지는 특이 동향이 없는 것 같습니다."

함장의 말이 끝나자, 의장은 다소 의미심장한 표정으로 무언가 결심한 듯 최고 지도자회의 7인 의원들을 바라보며 말했다.

"지난번 함장이 제안한 방법은 어찌 보면 그랜드 알리앙스호에겐 가장 이상적인 대응 절차였다고 볼 수 있습니다. 하지만 지금은 그 상황이 좀 변한 것 같습니다. 다시 말해서, 이 행성 생명체들의 눈을 피해서 희토류를 채취한다는 것은 그리 쉬운 일이 아닌 듯하군요."

의장이 모니터를 통해서 함장을 한 번 바라보았지만, 함장은 그저 묵묵한 표정으로 경청하는 자세를 유지했다.

"그래서 이제는 우리 쪽에서 먼저 연락을 취하여, 이 상황에 대해서 의논하는 것이 올바른 수순인 것 같습니다. 왜냐하면, 이곳에서는 우리가 방문자의 입장이니까요."

7인의 의원들 역시 진지한 표정으로 묵묵히 의장의 말을 경청하고 있었다.

"정확한 상황을 파악할 수는 없지만, 우리는 이미 그들에게 두 번이나 노출된 바 있습니다. 만약 여기서 우리가 먼저 다가서지 않으면, 자칫 저들은 우리를 침략자로 규정할 수도 있고, 그렇게 되면 사태는 걷잡을 수 없이 악화되고 말 겁니다."

의장이 7인의 의원들 하나하나를 쳐다보며 물었다.

"의원님들의 생각은 어떠신지요?"

모두들 다른 의견 없이 조심스럽게 고개를 끄덕이고 있을 때, 한 의원이 입을 열었다.

"만에 하나라도 저들이 우리의 의도를 오해한다면, 오히려 더 상황을 악화시키게 되는 것 아닐까요?"

이에 의장 역시 그 점에 대해서는 동의하는 듯, 고개를 살짝 끄덕이더니 이내 다시 진지하게 말했다.

"네, 그 말씀 역시 일리가 있습니다. 앞으로 발생할 일을 미리 예측할 수 있다면 얼마나 좋을까요? 하지만 아쉽게도 우리에게는 그런 능력이 없습니다. 그저 우리가 먼저 진심으로 다가서면, 저쪽 역시 마음을 열 것이라는 믿음을 가지고 하는 수밖에요."

의견을 제시했던 의원이 의장의 뜻에 공감을 표하듯 고개를 끄덕이자, 다른 의원들 역시 수긍하는 분위기였다. 이에 의장이 모니터를 바라보며 함장에게 말했다.

"함장, 다양한 채널을 통해서 이 행성과의 교신을 시도해 주세요!"

"네!"

함장은 즉시 통신 담당에게 지시를 내렸고, 이에 통신 담당은 이 행성 전체에 신호를 보내기 시작했는데, 그 내용은 다음과 같았다.

'평화'

'우정'

그리고 그동안 함장은 최고 지도사회의에 보고하지 않은, 아까 두 채광선의 팀장들로부터 보고를 받을 때의 장면을 다시 떠올렸다.

"'서둘러서 떠나려고 할 때, 순간적으로 울렁거리는 느

낌이 들었다'고? 그것도 서로 다른 장소에 있던 두 팀이 똑
같이?"

1-2

중국 티베트 자치구의 라싸 부근. 20세가 된 케젠은 오늘
치른 성년식에서 친구들의 권유로 적잖이 취해 있었다. 16세
에 아버지가 권해서 한 잔 받아먹어 본 적은 있었지만, 당시
그가 기억한 술이라는 것은 그저 '이 맛없는 것을 왜 어른들은
그토록 좋아할까?'라는 생각을 하게 하는 불편한 존재에 불
과했다. 하지만 이제 성인이 되어서 정식으로 처음 마신 술의
맛이라는 것은 참으로 오묘한 것이었다. 뭐랄까? 조금은 지금
한창 하고 있는 고민을 완화시켜주는 일종의 안정제 역할을
한다고나 할까? 사실 케젠은 얼마 전부터 아버지가 가업을 이
어받을 준비를 하라고 해서, 적잖은 고민에 빠진 중이었다.

"가업이라……."

그의 아버지는 역시 케젠의 할아버지가 그랬듯이, 할아버
지의 가업을 물려받아서 말과 양들을 길러왔다. 그리고 케젠
은 중국 55개의 소수민족 중 하나인 티베트족 젊은이로서, 그
간 아버지의 말씀을 단 한 번도 거역한 적이 없는 비교적 온

순한 성격의 소유자였다.

하지만 고등학교 졸업 후에, 친구들이 하나둘씩 돈을 벌 겠다며 대도시로 빠져나가기 시작했다. 특히나 두 달 전 이미 대도시로 가서 식당 종업원으로 취업한 친구와의 전화통화 는, 케젠의 그러한 심리를 더욱 부채질하게 만들었던 것이다. 그러니 젊은 케젠에게 있어서 아버지의 권유와 친구의 부름 은 충분히 충돌을 일으킬 수 있는 소지가 있는 것이었다. 더 군다나 최근에는 그의 여자 친구마저도 함께 대도시로 가자 고 부추기고 있으니.

낮에는 형이 모처럼만에 전화를 걸어, 케젠이 성년이 된 것을 축하해주었다. 케젠의 형 이름은 랑가. 그는 어려서부터 이 일대에서 총명하기로 소문이 자자했었다. 뿐만 아니라 의 협심도 강하고 운동신경 역시 남달랐기 때문에, 마을 어르신 들의 사랑을 독차지해왔다. 따라서 케젠의 아버지 역시 장남 인 랑가에게 거는 기대가 컸는데, 뜻밖에도 랑가는 아버지와 는 일말의 상의도 없이 성년식을 치르자마자 바로 해군에 입 대해 버린 것이었다. 그리고 그런 형이 이제 동생에게 전화를 걸어서 축하와 함께 아버지를 잘 보살펴드리라고 신신당부까 지 하고 있으니, 케젠으로서는 무거운 선택의 짐을 모두 홀로 짊어진 느낌이었다.

그렇게 말에 올라타 터덜터덜 정처 없이 돌아다니면서 바 깥바람을 쐬고 있을 때였다. 하늘에서 반짝거리는 별들조차

조우

칠흑과도 같이 짙은 어둠 속에 파묻혀, 그 끝이 보이지 않는 벌판 저 멀리서 희미하게나마 반짝거리는 불빛 하나가 눈에 들어왔다.

"뭐지?"

순간 케젠은 술기운에 힘겨워하며 말에서 떨어질 듯 주체하지 못하던 몸을 다시 가누고, 천천히 말을 그쪽으로 이끌었다. 서서히 그 반짝거리는 불빛에서 얼마 떨어지지 않은 지점으로 다가설 때였다. 순간 불빛이 꺼지고, 잠시 후 그 부근에서 이상한 굉음이 울려 퍼지더니, 몹시 밝고도 푸른빛이 순간 눈에 부시면서 갑작스레 모래 회오리가 일기 시작하는 것이 아닌가? 케젠이 타던 말이 놀라서 히히힝 울며 앞발을 들어 올리자, 한쪽 손으로 부신 눈을 가리던 케젠은 그만 땅으로 떨어져 정신을 잃고 말았다. 그리고 케젠이 쓰러져 있는 곳에서 멀지 않은 땅 표면에는 거대한 U자 모양의 그을린 자국만이 선명하게 남아 있었다.

**

같은 시각 중국 라싸에서 그리 멀리 떨어져 있지 않은 인도의 바라나시 부근. 한 쌍의 젊은 남녀가 한적한 어둠 속에서 산책을 즐기고 있었다. 그들은 오늘 바라나시에 도착하여 시내와 골목을 관광한 후, 이틀 더 이곳에 묵으려는 핀란드 젊은이들이었다. 커플룩을 입고 있는 옷차림과 한순간도 놓치지 않고 서로의 손을 꼭 잡은 모습에서, 누구라도 이들이 이제 막 결혼한 신혼부부라는 것을 어렵지 않게 눈치챌 수 있었다.

이 둘은 헬싱키대학의 같은 지도 교수 밑에서 동양철학을 전공하고 있는 박사과정의 학생들로, 이제 앞으로의 계획에 대해서 의견을 나누고 있었다. 그렇게 한참이나 숲 속 길을 거닐며 잔잔하고도 웃음 섞인 목소리로 대화를 나누던 그들은 잠시 걸음을 멈추고, 왼편에서 그들의 걸음을 따라 유유히 흐르는 갠지스 강 건너편의 마을에서 비치는 불빛들을 바라보았다. 그리고 바로 그때였다. 순간 머리 위로 푸른빛의 뭔가가 지나가더니, 그들이 서 있는 곳과 그리 멀리 떨어져 있지 않은 곳에서 순식간에 사라져버린 것이 아니겠는가.

두 젊은이는 서로를 잠시 쳐다보더니, 누가 먼저라고 할 것도 없이 서둘러서 그쪽으로 달려갔다. 그리고 부근의 커다란 야자나무 기둥과 잎들에 몸을 숨기고는, 기대 반 두려움 반의 심정으로 휴대 전화기를 꺼내서 눈앞에 펼쳐지고 있는 일거수일투족을 모두 동영상으로 촬영하기 시작했다.

"뭐지? 탐사단인가?

여성이 숨을 죽이고 낮은 목소리로 물었지만, 남성은 아무런 반응이 없었다. 그러다가 무언가 떠오른 듯 혼자 중얼거

조우

렸다.

"아니면 외계인이거나!"

그 말에 여성은 불현듯 두려움에 휩싸인 표정으로 남성을 쳐다보았지만, 남성은 계속해서 촬영하는 데 전념하느라고 휴대 전화기 화면만을 응시했다. 휴대 전화기 화면에는 세 명이 분주히 움직이는 모습이 잡혔다. 그들은 짙은 회색 스판 재질의 상하 일체형 옷 그리고 같은 색의 헬멧을 쓰고 있었는데, 언뜻 보면 미래를 배경으로 하는 SF영화에나 나올 법한 복장이었다.

그들 중 한 명이 가방에서 삼각대처럼 보이는 물건을 꺼내서 펼치더니, 이어서 은빛의 막대기를 삼각대 사이의 구멍에 끼우고는 땅에 세웠다. 잠시 후 약한 기계음이 들리더니 곧 그들 눈앞에 투명한 필름과도 같은 모양의 스크린이 펼쳐졌는데, 스크린 화면에는 형형색색의 그래프들이 나타나기 시작했다.

"와우, 죽이는데! 저건 요새 광고에 나오는 그 휘는 필름 스크린 아냐? 벌써 출시된 건가?"

그 광경을 보던 남성이 자기도 모르게 큰소리로 탄성을 지르자, 여성은 순간적으로 남성의 입을 막고 계속 지켜보라고 눈짓했다. 하지만 남성의 목소리가 지나치게 컸는지, 세 명은 주위를 살피더니 이내 다급하게 물건들을 정리하고는 휴대 전화기 화면에서 사라졌다.

"어, 어디로 간 거지?"

남성이 어리둥절하여 중얼거리는 찰나, 갑자기 이상한 굉음이 울려 퍼지더니 눈부신 푸른빛과 더불어 뜨거운 열기의 회오리가 일기 시작했다. 두 남녀가 눈을 떴을 때, 앞에 보이는 땅 표면에는 거대한 U자 모양의 그을린 자국만이 선명하게 남아 있을 뿐이었다.

"우리가 본 게 도대체 뭐였지?"

잠시 후, 둘은 어안이 벙벙한 채로 숙소에 돌아왔다. 여성이 온몸의 먼지를 씻으러 샤워실로 들어간 동안, 남성은 노트북 컴퓨터를 꺼내 휴대 전화기에 저장된 동영상을 유튜브(u-tube)에 올리기 시작했다.

'제목: what's this?(이게 뭘까요?)'

2-1

그랜드 알리앙스호에서 신호를 보낸 지 정확하게 이틀째. 행성으로부터 답신이 오기 시작했다.

"함장님, 신호가 오고 있습니다!"

"LC팀 소집해서 바로 분석에 들어가도록!"

통신 담당의 보고에, 함장은 주저하지 않고 즉시 지시를 내렸다. LC팀이란 Language Communication(언어 소통)의 줄임말로, 언어의 발달 과정과 소통에 필요한 모든 정보를 수집 보관 및 그것들을 토대로 연구하는 팀을 뜻한다. 그동안 이들은 그랜드 알리앙스력을 그 기원으로 하는 자신들의 언어인 엥글로브(ENGLOBE) 발전 과정과, 또 혹시 있을 수 있는 외계 생명체와의 의사소통에 대해서 연구해왔다.

LC팀은 중앙통제센터 통신 담당이 보내온 수신 자료들을 즉시 분석하기 시작했고, 그 결과 초보적으로나마 한 가지 사실을 알아낼 수 있었다. 그랜드 알리앙스호에 수신된 전파는 두 종류로 분류되는데, 하나는 과거 지구에서 오래전에 개발된 것으로 알려진 모스부호와 동일한 이진법으로 구성되어 있는 것이고, 또 하나는 음성으로 전환되는 전파신호라는 점이었다.

사실 이 초보적인 결과만으로도 LC팀, 아니 그랜드 알리앙스호 전체를 충분히 놀라게 할 수 있는 일이었다. 왜냐하면, 당초 그랜드 알리앙스호가 이 행성에 보낸 신호가 바로 이진법으로 이뤄진 모스부호와 음성 전환 전파신호였는데, 이 행성 역시 동일한 두 가지 방법으로 회신한 것을 보면, 이는 최소한 이 행성 생명체들이 자신들의 의도를 이해했음을 방증하는 것이기 때문이었다.

이에 LC팀은 먼저 큰 기대를 가지고 이진법으로 구성된 모스 부호들을 분석하기 시작했다. 하지만 어찌 된 일인지,

아무리 컴퓨터 프로그램을 돌려도 그 의미가 파악되지 않는 것이었다. 결국, LC팀은 일차적인 작업을 우선 포기한 채로, 자신들의 모든 희망을 음성으로 전환이 가능한 전파신호에 걸고 슈퍼 컴퓨터에 입력했다. 그리고 그간 저장해놓았던 방대한 양의 데이터들을 돌려서, 음성으로 전환된 언어체계와 비교 분석하기 시작했다. 그렇게 하기를 꼬박 하루. 하지만 최고 지도자회의가 LC팀으로부터 받은 최종보고는 '해석 불가'였다. 의장은 고심 끝에 결국 다시 한 번 이 행성에 전파를 보낼 것을 지시했다. 이번에는 새로운 메시지를 보냈다.

'이해 불가'

'대화 희망'

그 후로도 이 행성과 수차례에 걸쳐 대화를 시도했지만, 요 며칠 동안 그랜드 알리앙스호가 얻은 결과는 마찬가지였다. 보내는 신호마다 고맙게도 이 행성에서는 꼬박꼬박 답신을 해주었지만, 그 비교적 간단한 내용조차도 파악할 수 없으니 그저 답답한 마음에 한숨만 나올 뿐이었다. 그나마 파악할 수 있었던 유일한 것은, 저들이 보내오는 신호의 내용이 처음 받았던 두 가지와 그다음에 받은 두 가지 모두 합쳐서 네 가지 내용의 반복되는 표현이라는 점이었다.

이러한 상황에서 그저 멍하니 하늘만 바라보며 시간이 해결해 주기를 바랄 수는 없었고, 그렇다고 해서 수리를 끝내지 않은 채 그대로 이 행성을 떠날 수도 없는 노릇이었으며, 또

　　　　　　　　　　　　　　　　　　　　조우

그렇다고 막무가내로 무작정 희토류 채취를 위해서 채광선을 내보낼 수도 없는 일이었다. 아마도 이러한 상황을 일컬어서 '진퇴양난'이라고 하나보다.

최고 지도자회의는 이 문제를 풀기 위해서 고심했다. 하지만 지금처럼 의사소통마저 안 되는 상황에서, 뚜렷한 해답을 찾아내기란 여간 어려운 일이 아니었다. 그렇게 장시간의 회의를 마친 의장은, 결심한 듯 모니터를 통해서 함장과의 연락을 취했다.

"함장, 일단 그랜드 알리앙스호를 희토류 매장이 확인된 지역 상공으로 이동시키도록 하세요. 만일의 경우에 대비해서, 채굴과 운반 과정에 소요되는 시간을 줄일 필요가 있습니다!"

"만일의 경우라고 하시면?"

"최악의 경우에는 무력 대치가 불가피할 수도 있습니다. 물론 그렇지 않기를 바라지만."

"네, 알겠습니다."

"아, 그리고 희토류 매장 지역 상공에 도착하면, 한 번 더 교신을 시도해 보세요. 마지막이 될 수도 있지만, 아무튼 끝까지 최선을 다해야하지 않겠소?"

"알겠습니다!"

함장은 의장과의 대화를 마친 후, 바로 그랜드 알리앙스호를 희토류 매장 지역 상공 20km 지점으로 이동시키도록 했다. 그리고 목표 지점에 도착하자, 즉시 통신 담당에게 다시 한 번 신호를 보낼 것을 지시했다. 이에 통신 담당이 이 행성에 신호를 보냈는데, 그로부터 불과 몇 분이 지나지 않았을 때였다.

"함장님, 레이더에 뭔가가 잡힙니다!"

"뭔가?"

"아마 비행체 같은데, 서쪽과 동쪽 서로 다른 방향에서 빠른 속도로 이쪽으로 접근하고 있습니다! 이대로라면 우리 함체와 모두 충돌할 가능성이 있습니다!"

그 말에 긴장한 표정을 짓던 함장은, 순간 방금 통신을 보낸 일을 생각해냈다.

"신호로 위치를 파악한 모양이군. 일단 최대한 급상승한다!"

그랜드 알리앙스호가 위로 상승하기 시작하자, 함장은 계속해서 지시를 내렸다.

"화면 확대해서 비추고, 전원 비상사태 발령. 발포 준비!"

비행체의 모습을 확대하자, 중앙통제센터 메인 화면에 마치 긴 몸통에 두 팔을 쫙 뻗은 듯한 물체들이 잡히기 시작했다. 모두 12대였는데, 자못 흥미로운 것은 그중 7대와 5대가 각각 편대를 이뤄서 비행하고 있고, 마치 일부러 구분하려고 그런 듯 각 7대와 5대 별로 비행체 모양과 표면 디자인 심지어 도색조차도 확연히 구별된다는 점이었다.

"이 12대는 같은 팀이 아닌 것 같아. 이 행성의 생명체들은 어쩌면 우리와 같은 연합체가 아닌, 각각 서로 분리되어 독립된 부락 형태로 살아가는 것일 수도 있겠군."

잠시 후 함장은 이 12대가 그랜드 알리앙스호 아랫부분의 상공을 배회하고 있는 패턴을 유심히 관찰하더니, 뭔가를 알아낸 듯한 말투로 말했다.

"이건 마치 순찰비행 같은데?"

무심코 튀어나온 듯한 함장의 말에, 모두들 숨을 죽이며 화면을 응시했다.

"우리의 구체적인 위치를 파악하지는 못한 것 같군. 예상대로 아까의 발신 위치를 추적한 모양이야."

혼자 중얼거리던 함장은 다시 명령을 내렸다.

"일단 함포는 대기한다."

그렇게 한참을 그랜드 알리앙스호 아래를 순찰하던 12대의 비행체 중에서, 5대는 먼저 이 지역을 벗어나 서쪽으로 사라졌다. 그리고 잠시 후 나머지 7대 역시 경로를 바꿔 원래 날아왔던 동쪽 방향으로 돌아가는 듯했다. 그런데 그 순간, 7대 중 한 대가 갑자기 급상승하더니 그랜드 알리앙스호가 있는 위치로 날아오르는 것이 아닌가!

"쾅!"

공중에서 화염이 피어오르더니, 이내 그 비행체는 흔적도 없이 사라져버렸다. 그리고 그 순간, 그랜드 알리앙스호에 탑승한 전원이 아주 경미하지만 분명 울렁거리는 느낌을 받았다.

"뭐지, 이 느낌은?"

그랜드 알리앙스호는 실드 온 상태로서 이미 보호막이 쳐져 있기 때문에, 작은 비행체와의 충돌로 인한 충격을 받을 리가 없었다. 그렇다면 이 울렁거리는 느낌은 무엇이라는 말인가? 함장은 갑자기 두 채광선 팀장들의 말이 생각나기 시작했다.

"혹시, 울렁거림이라는 것이 이 느낌을 말하는 건가?"

하지만 그것도 잠시. 방금 있었던 충돌로 함체가 손상되었다는 보고가 들어오자, 함장은 다시 정신을 차렸다.

"피해 정도가 어떤가?"

"아직 수리가 덜 끝난 함체 후미에 충돌했습니다!"

"실드 기능이 제대로 작동하지 않는 부분인데, 하필 그곳에!"

어떻게든 무력 충돌만은 피하자는 의도에서 한 것인데. 오히려 최고 지도자회의 의장의 말처럼 어쩌면 최악의 경우가 발생할 수도 있다는 생각에, 함장은 자기도 모르게 어금니를 꽉 깨물고는 말했다.

잠시 후 7대 중 남은 6대가 그랜드 알리앙스호 후미에서 피어오르는 연기를 보고 전열을 가다듬어 공격하기 시작했다. 이에 함장은 결국 어쩔 수 없이 함포를 쏘아 응전하도록 했고, 그중 3대를 격추시켰다. 그런데 매번 비행체를 격추시킬 때마다, 그랜드 알리앙스호에 탑승한 전원은 또다시 약간 울렁거리는 느낌을 경험해야 했다. 그리고 그렇게 남은 3대는 이제야 열세에 놓인 상황을 알아챘는지, 그랜드 알리앙스호에서 멀어지기 시작했다.

일단 급한 불을 끈 함장은 바로 의장에게 보고했다.

"아무래도 최악의 상황에 직면한 것 같습니다!"

그러자 착잡한 표정을 짓던 의장이 푸념하듯 말했다.

"우리가 의도한 바는 아니지만, 상황이 결국 이렇게 돌변했군요."

아무 말 없이 묵묵히 모니터에 비치는 의장을 바라보는 함장에게, 잠시 망설이는 듯하던 의장이 조심스럽게 말문을 열었다.

"만약 이 행성과 전면전을 하게 된다면 어떻소? 승산이 있겠소?"

의장의 직설적인 발언에 다소 놀란 듯, 함장은 잠시 주춤하더니 이내 마음을 다잡고 대답했다.

"이들의 무기 상태로 보았을 때, 저희의 적수는 못 된다는 것이 제 판단입니다."

"그럼 우선 희토류 채굴을 주안점으로 두고, 채굴팀 보호를 위한 국지전부터 시작하는 것이 어떻소?"

"저 역시 의장님과 같은 생각입니다. 그럼 곧바로 채광선들을 출발시키겠습니다!"

잠시 후 그랜드 알리앙스호에서 채광선과 병력들을 태운 운반선들이 속속 빠져나가기 시작했고, 그들이 무사히 착륙할 수 있도록 다수의 전투 비행정들이 그 주변을 엄호하면서 서서히 땅으로 내려갔다.

2-2

중국과 인도에서의 사건이 발생한 지 얼마 후, 세티(SETI: 지구외문명탐사연구소)와 나사(NASA: 미국항공우주국)는 같은 시간대에 개별적으로 이상한 신호를 포착했다. 이 두 단체는 먼저 각기 개별적으로 이 사실을 UN에 통보했고, UN에서는 다시 G7 긴급 회의를 소집하여 논의한 결과, 세티와 나사의 상호 공조 하에 미국 대통령을 수장으로 하는 비상대책위원회를 구성하고 대책을 마련하도록 했다. 이들의 분석 결과 이 이상한 신호는 두 가지로 분류되는데, 하나는 지구의 모스부호와 똑같이 이진법으로 구성되어 있는 것이고, 또 하나는 음성으로 전환되는 전파신호였다.

그런데 문제는 이 신호의 모스부호가 비록 이진법으로 구성된 것이지만, 지구의 그 어떤 언어로 대입해 봐도 도무지

조우

그 뜻을 이해할 수 없다는 데 있었다. 음성전환 전파 역시 마찬가지여서, 그간 지구에 존재해왔던 고대문명의 언어에서부터 현대의 물리학이나 수학부호까지 모두 대입해봤지만, 그 어떤 실마리가 될 만한 것 하나조차 발견하지 못한 것이었다.

그나마 겨우 알아낸 한 가지 사실은, 발신위치 추적 결과 이 신호가 지상에서 1,000km 떨어진 대기권에서 나오고 있다는 것이었다. 하지만 레이더 추적 결과, 발신위치에는 그 어떤 형체도 잡히는 것이 없었다.

이에 비상대책위원회는 발신을 한 존재가 아마도 스텔스 혹은 그보다 더 우수한 기능을 사용하고 있고, 또 그들의 기술력이 우리의 것보다 월등하게 우월하기 때문일 수도 있다는 잠정적인 결론을 내렸다. 다시 말해서, 지구의 인류보다 훨씬 더 발달된 문명을 가진 종족들일 수 있다고 추측한 것이다.

그렇다면, '이 종족은 왜 지구에 왔을까? 또 우리가 그들의 침입을 인식하지도 못하는 탁월한 기술력을 갖고 있는데도, 왜 굳이 먼저 접촉을 시도하려는 것일까?'라는 의문점들이 생기는데, 이처럼 초보적인 소통마저 해결할 방법이 없으니 참으로 답답한 노릇이 아닐 수 없었다.

그렇다고 이렇게 넋을 놓고 있다가, 시간을 질질 끌면서 저들을 자극해서도 안 될 일이었다. 따라서 비상대책위원회는 수신을 받은 지 이틀 후, 일단 부득이하게 저들이 보내온 것과 같은 두 가지 방식으로 답신을 보내기로 결정했다. 그리고 그 내용은 다음과 같았다.

'지구'

'평화'

물론 계속해서 저들이 보내는 신호의 내용을 분석하겠지만, 비상대책위원회는 은근히 미지의 종족이 자신들보다 더 월등한 기술력으로 소통할 수 있는 방법을 먼저 찾아주기를 내심 기대하고 있었다.

한편 공교롭게도 세티와 나사가 미지의 종족으로부터 첫 신호를 받은 날과 동일한 시각에 핀란드의 한 남성이 유튜브에 올린 "what's this?(이게 뭘까요?)"라는 제목의 동영상은, 비상대책위원회가 그들에게 답신을 보낸 이틀 만에 조회 수 1억 건을 거뜬히 넘기면서 세간의 화제가 되더니, 급기야 방송을 타기 시작하면서 심지어는 각국의 주요 뉴스에 소개되기까지 했다. 이에 지푸라기라도 잡을 수밖에 없는 심정이었던 비상대책위원회는 그 동영상의 진상을 파악하는 한편, 동영상과 자신들에게 발신한 미지의 종족 사이의 모종의 연관성에 대해서도 조사에 착수했다.

그런지 만 하루가 지났을 때, 비상대책위원회는 다시 한 번 새로운 내용의 메시지 두 개를 수신했다. 하지만 결과는 역시 처음과 같았다. 신호가 모스부호와 매우 흡사한 방법 그리고 음성으로 전환되는 전파 두 종류라는 점 외에는, 그 어떤 단서조차도 확보할 수 없었던 것이다.

비상대책위원회는 하는 수 없이, 이번에는 다른 내용을 담은 신호를 보냈다. 물론 역시 같은 두 가지 방식으로.

'해독 불가'

'대화 희망'

그렇게 요 며칠 사이 수차례에 걸쳐서 신호를 주고받았지만, 비상대책위원회가 얻은 결과에는 별다른 진전이 없었다. 그나마 한두 가지 위안이 되는 것이 있다면, 보내는 신호마다 미지의 종족 역시 꼬박꼬박 성실하게 답신을 해주고 있다는 것. 그리고 저들이 보내오는 신호의 패턴 역시 처음 받았던 두 가지와 그다음에 받은 두 가지 모두 합쳐서 네 가지 내용의 반복되는 표현이라는 사실을 파악했다는 것이었다.

그러던 비상대책위원회는 여느 때와 마찬가지로 미지의 종족으로부터 신호를 받고 있었다. 그런데 이번에는 좀 특이한 점을 발견했는데, 발신 지점이 기존의 고도 1,000km에서 갑자기 20km로 변했다는 것이다. 이를 좀 더 이해하기 쉽게 비유적으로 풀어서 말하자면, 그동안은 미지의 종족이 지구라는 집의 문 앞에서 초인종을 누르고 있었는데, 이제는 그 이방인들이 집 안으로 들어왔음을 뜻한다. 이를 보다 더 냉정하게 평가하자면, 엄연한 '침입'이었던 것이다.

물론 이방인들이 예고 없이 무단침입을 한 것으로 볼 수만은 없었다. 그동안 비상대책위원회는 지속적으로 미지의 종족과 교신을 시도했고, 그들 역시 이러한 시도에 적극적으로 부응해왔기 때문이다. 하지만 저들의 방문 목적이 무엇인지 아직 모르는 상황에서, 비상대책위원회는 이들의 접근이 상당히 불편한 것만은 틀림없는 사실이었다.

발신 위치를 추적한 결과, 중국 서부와 인도 동부 사이의 상공 20km 지점임을 확인한 비상대책위원회는 이 사실을 중국과 인도에 통보했고, 중국과 인도 정부는 즉시 각각 7대와 5의 전투기를 그 지역으로 보내서 그 부근의 항공구역을 비행 순찰토록 했다.

해당 구역에 도착한 중국군 전투기 7대와 인도군 전투기 5대는 상대방 국가의 항공방위식별구역을 침범하지 않는 범위 내에서 발신 지점 부근 5km를 순회하며 수색했지만, 별다른 물체나 징후를 발견하지는 못했다. 잠시 후 인도군 전투기가 먼저 귀환했고 이어서 중국군 역시 귀환하려 할 때, 갑자기 대원 하나가 한 바퀴만 더 돌겠다며 위쪽에 있는 상공을 살피려고 급상승을 시도했다. 그리고 전투기 한 대가 위로 치솟은 지 얼마 되지 않아, 폭발음과 함께 흔적도 없이 사라진 것이다.

놀란 나머지 6대는 곧바로 상부에 보고했고, 중국군 사령부는 이를 공격으로 간주하여 연기가 나는 부분을 집중적으로 대응 사격하도록 했다. 하지만 뭐라고 딱히 설명할 수 없는 푸른 빛줄기가 몇 번 눈앞에서 번쩍이더니 순식간에 3대가 격추되었고, 이에 무기의 화력이 열세에 있음을 알아차린 중국군은 곧바로 철수하게 되었다.

이 사건을 계기로, 중국군으로부터 보고받은 비상대책위원회는 말할 수 없는 충격에 빠져들었다. 왜냐하면, 우선 지구에 비교적 친화적인 줄만 알았던 저 이방인들이, 어쩌면 그동안은 본색을 숨기고 있었을 가능성이 농후해졌기 때문이었다. 그리고 또 하나 더욱 중대한 사실은, 그들이 지구보다 월등한 과학기술을 가졌을 것이라는 추측이 이제는 기정사실화되었기 때문이었다. 특히 푸른 빛줄기가 몇 번 번쩍이더니 3대의 공군 전투기가 격추되었다는 점과 그들이 타고 온 비행체가 레이더와 적외선 음향 심지어 육안으로도 식별이 불가능하도록 설계되었다는 점은, 앞으로 지구가 보이지 않는 적을 상대로 힘겨운 싸움을 벌여야 함을 예고하고 있는 것이기도 했다. 결국, 비상사태를 선포한 비상대책위원회는 일단 미지의 종족을 지구를 침공한 적으로 간주하고, 구체적으로 향후 대책을 논의해나가기로 했다.

3-1

현재 그랜드 알리앙스호가 최우선적으로 해결해야 할 문

제는, 빠른 시간 내에 희토류를 최대한 많이 확보하여 함체 수리를 마무리 짓는 것이었다. 물론 얼마 전에 발생했던 국지전을 통해서나마 저들보다 무기가 더 우세하다는 것을 확인하기는 했지만, 함체를 완전하게 수리한 후에야 모든 면에서 이 행성의 생명체보다 비교 우위를 점하면서, 향후 발생할 모든 문제들에 대해서 주도적으로 대처해나갈 수 있는 것이었다.

함장은 그랜드 알리앙스호를 속속 빠져나가고 있는 채광선과 운반선 그리고 전투 비행정들을 보면서 생각에 잠겼다. '그동안 우리에게 친화적인 모습을 보이던 저들이, 왜 갑자기 저돌적으로 돌변해서 공격한 것일까? 그리고 그 울렁거림은 도대체 뭐란 말인가?' 끊임없이 발생하는 의문투성이들의 사건들 때문에, 함장은 머리가 터질 듯 아파오기 시작했다. 하지만 그것도 잠시, 다수의 물체가 채광선 쪽으로 접근하고 있다는 보고에, 함장은 다시 정신을 차리고 명령했다.

"무슨 일이 있어도 채광선을 지켜야 한다!"

그 순간 방금 떠올랐던 생각들이 문득 뇌리를 스치자, 함장은 잠시 생각하더니 말을 이어갔다.

"하지만 일단 우리가 선제공격을 하지는 않는다. 저쪽에서 공격하면 대응 사격하도록!"

잠시 후, 한 무리의 비행물체들이 채광선과 운반선들 쪽으로 접근했다. 그런데 그들은 지상으로 향하는 채광선과 운반선 그리고 그들을 에스코트하고 있는 전투정들에게는 전혀 관심을 두지 않고, 계속해서 공중을 순회하는 것이었다. 모니터를 통해서 그 모습을 한참이나 지켜보던 함장은 혼잣말로 중얼거리기 시작했다.

"이상하리만치 우리 비행선들을 전혀 보지 못하는 듯, 계속해서 공중을 맴돌고만 있군. 그럼, 확실히 저들은 우리 위치를 파악할 수 없다는 건가?"

함장은 얼마 전 이 행성의 전투기 한 대가 그랜드 알리앙스호로 돌진하다가 폭파된 기억을 더듬었고, 이제 눈앞의 상황을 통해서 저들의 기술력이 어느 정도인지 더욱 확신할 수 있게 되었다. 사실 함장의 생각대로, 이 행성의 생명체들은 그랜드 알리앙스호와 비행선들의 존재를 전혀 눈치채지 못하고 있는 듯했다. 그도 그럴 것이 그랜드 알리앙스호의 스텔스 기능은 레이더와 적외선 그리고 음향 심지어 육안으로도 식별이 불가능하도록 설계되었기 때문이었다. 물론 그랜드 알리앙스호는 이러한 스텔스 기능을 다시 시각적으로만 볼 수 있도록 하는 기술 역시 보유하고 있지만. 아무튼, 그 덕분에, 지상으로 비행선들은 별 충돌 없이 무사히 지상으로 내려가 착륙할 수 있었다.

"음, 문제는 이제부터군."

그랜드 알리앙스호와 비행선들은 모두 스텔스 기능을 장착하고 있기 때문에, 일단은 안심할 수 있는 상황이었다. 이를 증명하는 것이, 우선 이 행성의 생명체들이 그랜드 알리앙스호를 비롯한 모든 비행선들을 전혀 식별해내지 못하고 있기 때문이었다. 이는 또 그랜드 알리앙스호가 이 행성과 있을 수 있는 만일의 사태 즉 무력 충돌상황에서 우위를 점할 수 있음을 직접적으로 말해준다. 하지만 채광선과 운반선에 탑승한 인원들이 일단 비행선에서 벗어나면, 저들에게 곧바로 자신의 위치를 드러내게 된다. 함장은 바로 이 점을 걱정하고 있었던 것이다.

채광선 일행은 지상에 착륙한 뒤 곧바로 서둘러서 희토류 채굴준비 작업에 들어갔고, 운반선에 타고 있던 군인들은 작업 현장을 둘러싼 반경 1km 곳곳에 배치되어 혹시나 발생할 수 있는 만일의 사태에 대비하고 있었다.

채광준비 작업을 마치자 인원들이 모두 표시 지점에서 뒤로 물러났고, 뒤이어 채광선들 안에서 자동차라기보다는 마치 탱크와 더 흡사한 모양새의 채광용 장비들이 속속 등장하기 시작했다. 이 장비 앞에는 땅을 뚫는 데 사용하는 원뿔 모양의 굴착용 대형 드릴이 달려 있었고, 이 굴착드릴과 연결되는 원형 몸체는 드릴의 폭보다 좁게 제작되어 땅속에서 앞으로 나아가면서 저항을 받지 않을 뿐만 아니라, 채굴 장소에 도착했을 때 나와서 작업을 할 수 있도록 설계되어 있었다. 또한, 몸체에 달린 바퀴는 탱크와 같이 캐터필러 바퀴를 장착했는데, 특히 어떠한 방향에서도 앞으로 나아가는 힘을 극대화하기 위해서 몸체 상하좌우에 각각 두 개의 캐터필러 바퀴가 설치되어 원형의 몸체를 둘러싸고 있었다.

채광 장비들은 이미 설치된 발사대 위로 올라갔고, 장비들이 움직이지 않도록 고정한 후 발사대를 들어 올려 90도로 회전시키자, 장비의 굴착 드릴 부분이 지상으로 향하여 마치 물구나무를 선 듯한 자세가 되었다. 이어서 굴착 드릴이 회전을 시작하면서 장비들은 하나둘씩 그 모습을 감추기 시작했다.

그렇게 장비들이 땅속으로 들어간 지 약 20시간. 비록 언제 이 행성의 생명체들이 몰려올지 모르는 긴박한 상황이었지만, 첫 장비가 희토류를 채취하여 땅 위로 올라온 이후로 작업은 예상보다 순조롭게 진행되고 있었다.

또다시 20시간 정도가 흘렀을 때, 예상대로 그랜드 알리앙스호는 이 행성 군대로 추정되는 무리가 채굴 현장 두 곳으로 접근하고 있고, 이미 두 현장 각각 좌측과 우측의 10km 떨어진 곳까지 도달했음을 알려왔다.

작업 현장의 반경 1km 곳곳에 배치된 군대는 긴장하여 다시 한 번 전열을 가다듬고, 현장에서는 채굴 작업에 한층 더 박차를 가했다. 그리고 희토류를 가득 채운 첫 채광선이 마침내 그랜드 알리앙스호로 귀환했다.

그러고 나서 얼마 지나지 않아서 마침내 이 행성의 군대가 서서히 육안으로도 볼 수 있는 거리에까지 좁혀 들어오자, 군인들은 그랜드 알리앙스호의 명령에 따라 저들이 더 이상 접근하지 못하도록 일제히 그들 앞의 땅바닥에 경고사격을 하기 시작했다.

이에 행성의 군대 역시 진격을 멈추고 잠시 동향을 예의주시하는가 싶더니, 이윽고 알아들을 수 없는 메시지를 반복해서 전해오기 시작했다.

3-2

어느 날 뜬금없이 날아온 해독 불가능한 네 가지 종류의 신호. 그리고 그 신호를 보내온 미지의 외계인들은 지구의 인류보다 훨씬 더 월등한 과학 기술력을 지니고 있다. 하지만 마치 지구와 인류에게 유화적으로 보였던 저들이 갑자기 태도를 바꿔서는, 말도 없이 지상 20km의 집안까지 들어와 버렸다. 그러고는 급기야 집 안을 살펴보고 있는 집주인 즉 중국군 전투기 4대까지 격추시켰다. 이것이 비상대책위원회가 지금까지의 상황을 정리하여 파악한 전부였다.

상대방에서 알려주지 않으면 그들의 위치조차 파악할 수 없는 그리고 대화조차도 시도할 수 없는 상황에서, 비상대책위원회가 취할 수 있는 유일한 조치는 오직 '기다림'일 뿐이었다. 그렇게 아무런 대응책도 마련하지 못하고 전전긍긍하며

조우

시간만을 보내고 있을 때, 인공위성 카메라를 통해서 인도와 중국 접경 지역 두 곳에 뭔가 이상한 움직임이 관찰되었다.

인도의 동부 그리고 중국의 서부지역에 공교롭게도 동일한 정황이 포착되었는데, 두 곳 모두 특이한 복장을 한 몇몇 사람들이 굉장히 분주한 모습으로 지표면에 지지대와 흡사한 물체들을 설치하고 있었던 것이다. 그리고 무기를 지닌 무리들이 그 지역 반경 1km를 둘러싸고 있는 것이, 마치 그들을 보호하고 있는 것처럼 보였다.

비상대책위원회는 먼저 중국과 인도 정부에 연락하여 이 같은 사실을 통보하고, 정부나 민간사업 차원에서 어떠한 작업을 진행하고 있는지 확인해달라고 했다. 그러고 나서 수시간 만에 두 정부로부터 그 지역에는 어떠한 정부나 민간차원의 작업도 진행되고 있지 않다는 답변을 받자, 비상대책위원회는 서둘러서 중국군과 인도군에게 그 지역으로 병력을 파병할 것을 요청했다.

중국군과 인도군은 먼저 각각의 정찰기를 띄어 그 지역에서 신원을 파악할 수 없는 이들이 작업하고 있다는 사실을 확인했다. 그러고 나서 저들이 구체적으로 어떤 작업을 하고 있는 것인지 알기 위해서 현장을 확대하여 촬영해본 결과, 지표면 곳곳에 커다란 구멍들이 뚫려 있는 것이 마치 땅속으로 들어가 뭔가를 캐내려고 하는 것 같았다. 만약 채굴을 하는 것이라면, 지구에서는 보통 트렌처를 설치하여 땅을 뚫는다. 그런데 저들에게서는 그러한 장비들이 전혀 보이지 않는 것이었다. 따라서 저들이 지구에 살고 있는 인류가 아닌 것만큼은 확실해 보였다.

이에 중국과 인도 정부는 곧바로 각각 자국 영토의 서쪽과 동쪽으로 대규모의 군대를 보냈고, 그들은 서서히 그리고 또 매우 신중하게 거리를 좁혀 들어갔다. 마침내 미지의 외계인 군대가 포진한 곳이 육안으로도 식별 가능한 거리에 이르자, 갑자기 저들이 사격을 하기 시작하는 것이 아니겠는가!

당황한 중국군과 인도군은 일단 대응사격을 하기 시작했지만, 얼마 지나지 않아서 뭔가 이상한 점을 발견했다. 저들이 쏘아대는 것은 총알이 아니라 이상한 푸른 빛줄기였거니와 그 푸른 빛줄기가 날아오는 방향은 하나같이 자신들 쪽이 아닌 그 바로 앞의 땅바닥을 향하고 있는 것이 아니겠는가! 더군다나 상황을 점검해 보니, 아군의 희생자는 한 명도 나오지 않았다.

저들의 행위가 공격하는 것이 아니라 더 이상 접근하지 말라는 경고성 사격임을 눈치챈 중국군과 인도군은, 서둘러서 대응사격을 멈추고 일단 그들과의 대화를 시도하기로 결정했다. 그리고 잠시 후 각 군대의 사령관이 확성기를 잡고 말하기 시작했다.

"이곳은 우리 고유의 영토이고, 당신들은 우리 영토에 불법 침입했다. 따라서 지금 바로 무기를 버리고 투항하라. 만약 24시간 이내에 조치를 취하지 않는다면, 투항할 의사가 없다고 간주 하고, 즉각 발포하겠다!"

4

그랜드 알리앙스호. 공통교육반에 다니고 있는 '우냐'라는 이름의 10세 소녀는 오늘 같은 반 친구들과 함께 역사박물관에 체험학습을 다녀왔는데, 그곳에 진열된 과거 지구의 수많은 유물들 중에서 유독 눈에 들어오는 물건이 하나 있었다. 그 물건은 이른바 'HAM(햄)'이라고 불리는 무선 통신기였는데, 옛날 사람들은 이 기계로 서로 연락을 주고받았다고 했다.

소녀는 오전과 오후 내내 역사박물관 이곳저곳을 돌아다녔지만 아무리 해도 아까 본 통신기가 머릿속을 떠나지 않고, 급기야 대여용 통신기를 집으로 빌려오기까지 하고야 말았다. 체험학습을 마친 소녀는 허겁지겁 집으로 돌아오자마자, 함께 빌려온 충전기를 서둘러서 통신기에 연결하고는 기계 이곳저곳을 만져보기 시작했다. 그렇게 통신기를 한참이나 만지작거리더니, 전원 스위치를 키고 동그란 모양의 주파수 조절기를 이리저리 돌리기 시작했다.

"삐~. 츄~. 치이~."

신기하게도 주파수 조절기를 돌릴 때마다 서로 다른 소리가 들리자, 소녀는 더욱 신이 나서 조절기를 이리저리 돌려댔다. 그러다가 한 채널에서 이상한 소리가 들렸다.

"아아, 마이크 테스트! 마이크 테스트!"

갑작스레 튀어나오는 이상한 소리에 놀란 소녀는, 당황한 나머지 자기도 모르게 전원 스위치를 끄고 허둥지둥 밖으로 달려나갔다. 마침 소녀의 아빠 '우튼'이 퇴근하면서 그 모습을 보았고, 뭐라고 하는 건지 도통 알 수 없는 말들만을 정신없이 떠들며 자신의 손을 잡아당기는 딸의 손에 이끌려 집으로 들어와 통신기를 살펴보았다.

"우냐, 이게 뭐니?"

"스위치를 켜고 이 조절기를 돌리니까, 갑자기 이상한 말들이 들리기 시작했어요!"

아직도 놀란 마음을 진정시키지 못하고 있는 딸의 모습을 바라보던 우튼은, 조심스레 통신기의 스위치를 켰다.

"어때요? 제 영어 실력 괜찮았나요?"

갑자기 튀어나오는 소리에 딸과 마찬가지로 흠칫 놀란 우튼은, 잠시 동안 자신과 똑같이 커다래진 눈동자로 바라보는 딸을 한 번 쳐다보더니, 이내 다시 마음을 가라앉히고 그 소리를 경청했다. 그리고 얼른 가슴에 부착된 신분증 메모리 버튼을 눌러서 그 소리들을 녹음하기 시작했다.

"저는 미래초등학교 3학년 2반 정유나입니다. 지금까지 영어로 제 꿈을 소개했는데요. 여러분들은 어떤 꿈을 갖고 계시나요? 제 꿈은 UN과 같은 국제기구에 들어가서 세계평화에 이바지하는 것입니다. 우리 아빠는 항상 저에게 꿈이 없는 사람에게는 미래도 없다고 말씀하세요. 아, 아빠가 오셔서 이제 그만 나가봐야 해요. 오늘은 제 꿈에 대해서 이야기했는데, 다음에는 여러분들의 꿈에 대해서 들려주세요. 그럼 안녕!"

영문 모를 소리에 귀를 기울이던 우튼은, 잠시 뭔가를 생각하는 표정을 짓더니 혼잣말로 중얼거렸다.

"꾸～움(GGUUM)……?"

어쩌면 방금 들었던 소리가 이 행성의 언어일지도 모르겠다는 생각에, 우튼은 곧바로 자신이 소속된 LC(언어 소통)의 행정팀장에게 연락해 비락회의 소집을 요청했다. 그러고는 우냐 엄마가 퇴근하기를 기다렸다가 그녀에게 딸을 부탁하고는, 전동차를 타고 다급하게 자신의 연구동으로 향했다. 그리고 연구동으로 가는 내내, 무선 통신기에서 유난히 자주 들리던 그 단어에 대해서 생각했다.

"꾸～움. 꾸～움. 어디선가 들어본 듯한 발음인데, 도무지 생각이 나지 않는단 말이야."

도착할 때까지 혼자 그 발음을 몇 번이고 되뇌던 우튼은, 연구동에 도착하자 곧바로 회의실로 들어가, 자리에 앉았다.

"그동안 우리 LC팀에서는 이 행성에서 보내온 신호가 네 종류라는 것 외에는 그 어떠한 단서도 찾아내지 못했습니다. 그런데 우연히도 방금 이 행성의 것으로 추정되는 언어를 접했습니다. 한 번 들어보시죠!"

LC팀에 소속된 연구원들과 행정인원 모두들 녹음된 음성에 경청했고, 몇 번이고 다시 재생시키며 들어보았다. 하지만 그것은 전혀 알아듣지 못하는 그들에게 있어서 외계 언어, 아니 잡음에 불과했을 뿐, 의미를 알 수 있는 그 어떤 조그만 단서조차도 찾을 수 없었다. 이에 LC팀은 이 녹음된 내용을 슈퍼 컴퓨터에 넣고 분석프로그램을 작동시켰지만, 기대와는 달리 컴퓨터의 대답은 '이해할 수 없음'이라는 내용의 음성메시지뿐이었다.

결국, 밤샘 회의에서 아무런 성과도 없이 빈털터리로 돌아온 우튼은, 가볍게 씻고 방으로 돌아왔다. 시계는 어느덧 새벽 5시를 가리키고 있었고, 우튼이 부인의 단잠을 방해하지 않으려고 살며시 이불을 들치고 누우려는 순간, 우튼의 부인은 아직 잠에서 덜 깬 목소리로 조용히 말을 걸었다.

"이제 돌아온 거예요?"

"아, 미안. 깨우지 않으려고 했는데."

당황한 우튼은 미안한 마음이 들었다. 그러자 우튼의 부인은 슬며시 시계를 바라보더니, 남편을 위로했다.

"괜찮아요. 어차피 일어나려던 참인걸요. 그나저나 무슨 일인데, 아까 그렇게 서둘러서 간 거예요?"

부인의 질문에, 우튼은 딸 우냐가 무선 통신기를 집으로 가져온 일부터 밤샘 회의의 결과까지 자세하게 설명했다. 그리고 부인은 무척 흥미롭다는 표정으로 남편을 바라보며, 그의 말을 경청했다.

"'꾸~움'. 분명 어디선가 들었던 것 같은데, 도무지 기억이 나지를 않아."

남편의 답답해하는 표정에 부인은 뭔가를 잠시 생각하더니, 서서히 입을 떼고 자근자근한 말투로 말하기 시작했다.

"우리가 함께 전문가과정에 다닐 때, 어느 날 당신이 용기를 내어 나한테 데이트를 신청했었죠. 그리고 그날 저녁 식사를 하는데, 엉뚱하게도 당신은 자기 얘기만 하느라 바빴던 거 기억나요?

"내가? 정말 그랬나?"

머쓱해 하는 남편의 표정을 보고, 부인이 입가에 살짝 미소를 머금고는 계속해서 말을 이어갔다.

"벌써 10년도 훨씬 더 된 이야기지만, 난 아직도 생생하게 기억해요. 당신은 그날 자신이 옛 지구의 '한국'이라는 나라에 살았던 민족의 피를 이어받은 후손이라며, 아주 자랑스럽게 자신을 소개했죠."

"아!"

우튼은 잠시 머리에서 전기가 오른 듯 찌릿한 느낌을 받더니, 서서히 그 일이 생각나는 듯 고개를 끄덕였다.

"당신이 아버님의 할아버지, 아버님의 아버님 그리고 아버님을 통해서 전해 들은 바로는, 그 민족은 비록 자신들이 살고 있는 영토가 매우 작았지만 주변국의 수많은 침략에도 불구하고 꿋꿋하게 살아남았다고요."

우튼은 부인의 말을 듣다가, 불현듯 혼잣말로 중얼거렸다.

"그래! 내가 왜 그 생각을 하지 못했지?"

그런 남편을 흘깃 쳐다보던 부인은, 웃으며 마지막 한 마디를 던졌다.

"그래서 당신은 전문가교육과정을 마치면 LC팀에 들어가, 옛 지구의 언어를 연구하고 싶다고 했죠."

우튼은 드디어 문제를 풀 수 있는 열쇠를 찾은 듯한 표정으로, 갑자기 부인에게 연신 입맞춤을 하며 고맙다고 말하고는 벌떡 일어나 옷을 입기 시작했다.

"고마워, 정말 고마워! 나 지금 다시 연구동으로 가봐야 해!"

남편의 갑작스러운 행동에 다소 놀란 듯한 부인은, 어리둥절한 표정으로 남편이 문을 열고 허둥지둥 나가는 모습을 그저 멍하니 바라만 보고 있었다.

·

조우

5

LC팀의 행정인원들과 연구원들이 연구동에 하나둘 그 모습을 보이기 시작한 건 오전 9시경이었다. 그들은 자신들보다 먼저 출근해서 슈퍼 컴퓨터 앞에 앉아 있는 우튼에게 인사를 건넸다.

"우튼 박사님, 일찍 나오셨네요?"

하지만 그 말을 들었는지 못 들었는지, 우튼은 그저 컴퓨터의 모니터만을 응시하고 있을 뿐이었다. 그는 연구실에 오자마자 먼저 슈퍼 컴퓨터에 저장된 신호해석 프로그램을 점검했는데, 그 결과 이 프로그램은 그랜드 알리앙스력을 기원으로 하는 표준어 즉 엥글로브(ENGLOBE)의 발전 과정을 중심으로 설계되어 있었다.

"역시 내 예상대로군!"

만약 우튼의 생각대로 이 행성에서 보내온 신호가 옛 지구의 언어와 동일한 체계를 가지고 있다면, 2천 년이 넘는 세월의 변화를 겪어온 엥글로브를 기반으로 하는 그랜드 알리앙스호 슈퍼 컴퓨터는 전혀 해독할 수가 없을 것이다. 하지만 이를 다른 각도에서 접근하여 엥글로브 이전의 언어체계를 프로그램에 깔고 다시 이 행성에서 보내온 신호를 풀어본다면, 어쩌면 그 의미를 알 수도 있다는 계산이 나오는 것이다.

여기에까지 생각이 미치자, 우튼에게는 더 이상 지체할 시간이 없었다. 만약 계속해서 지금처럼 의사소통이 되지 않는 상황이 발생한다면, 오해에 오해가 더해져 자칫 상상할 수도 없는 엄청난 일이 발생할 수도 있는 것이기 때문이었다. 우튼은 실낱같은 희망을 안고, 검색 프로그램을 이용해서 슈퍼 컴퓨터에 저장된 엄청난 데이터를 찾기 시작했다. 그리고 얼마 지나지 않아서, 옛 지구에서 쓰이던 언어들을 정리하여 저장한 데이터를 찾아냈다.

'이제 이것은 이미 사라지고 없는 선조들이 남긴 찬란한 문화유산일 뿐만 아니라, 지금 그랜드 알리앙스호가 직면한 문제를 풀어줄 수 있는, 아니 운명을 바꿀 수 있는 유일한 열쇠가 될지도 모른다.'

이런저런 생각에 사로잡힌 우튼은 서둘러서 찾아낸 데이터를 실행했지만, 웬일인지 작동하지 않았다.

"어떻게 된 일이지?"

우튼이 중얼거리며 좀 더 자세히 살펴보니, 이 데이터는 그 엄청난 분량과 지금은 전혀 쓰이지 않고 있다는 이유 때문에, 이중 삼중으로 압축되어서 그 분량을 최소화했던 것이다.

"어쩐지. 이러니 신호를 넣고 아무리 돌려도, 컴퓨터가 분석해낼 수가 없었지!"

우튼은 파일 압축해제 프로그램을 돌려서 데이터를 풀기 시작했고, 그렇게 한참을 돌아가던 슈퍼 컴퓨터 모니터에 드

조우

디어 '검색'이라는 창이 떴다. 이에 우튼은 두근거리는 마음으로 검색창에 '꾸~움'이라고 입력하고, 실행키를 눌렀다. 하지만 모니터에는 여전히 '검색 실패'라는 말만이 떴고, 몇 번을 반복해봤지만, 결과는 매한가지였다.

"내 추측이 틀린 건가?"

"도대체 뭐가 잘못된 거야?"

아마 누군가 곁에서 우튼의 모습을 봤다면, 영락없이 정신적인 장애가 있는 사람으로 오해했을 것이다. 그도 그럴 것이, 우튼은 혼자 중얼거리며 화를 내다 갑자기 기뻐하고, 그러다 다시 또 얼굴을 붉히기를 반복했으니. 그렇게 한참을 시도하다가 지친 우튼은 다시 마음을 가라앉히고 차분히 생각하다가, 급기야 이제는 자기 스스로에게 대화를 청하기 시작했다.

"그래, 처음부터 다시 해 보자. 뭐가 잘못된 것일까? 내가 문자를 잘못 입력한 건가? 아냐, 그건 아냐. 분명 '꾸~움'이라고 들었단 말이지! 그럼? 그렇지, 바로 그거야!"

한참이나 혼자 중얼거리던 우튼은, 순간 마치 엄청난 것이라도 발견한 양 환한 표정을 지으며 스스로 맞장구를 쳤다.

"맞아! 엥글로브는 분명 옛 지구언어를 기원으로 삼지만, 그랜드 알리앙스력 이후 발음뿐만 아니라 문자까지도 대대적인 수정을 가했지. 그러니 지금의 엥글로브 문자로 입력하면, 당연하게도 당시 지구의 문자와 맞아떨어지지가 않는 거지!"

분명 그랜드 알리앙스호의 언어인 엥글로브는 그 토대를 옛 지구 언어, 좀 더 구체적으로 말해서 당시 가장 보편적으로 쓰이던 영어에 두고 있다. 하지만 당시 그랜드 알리앙스호의 모체가 되는 일루전호 연합정부는 탑승한 각기 다른 문화와 언어를 쓰는 수많은 민족들의 다양한 요구들을 합리적으로 반영하기 위해서 언어통일정책위원회를 조직했고, 그랜드 알리앙스호에 이르러서는 표준어 제정위원회를 구성함으로써 오늘날의 엥글로브를 탄생시켰다.

좀 더 구체적으로 말해서 엥글로브는 영어를 모체로 하지만, 수많은 민족들의 요구에 부합하다보니 자연스레 발음과 스펠링 문법 등에까지 변화를 주게 된 것이다. 또한, 시간의 흐름에 따라 알파벳 문자의 형태까지도 변형이 일어난 것이고. 그리고 그 변화에 일조한 중요한 요인 중의 또 하나는, 다른 언어의 단어 중에서 발음이나 뜻이 영어의 그것보다 더 명확하고도 간결하다고 생각되면, 주저하지 않고 그 단어로 대체했다는 점이다. 즉 엥글로브는 이제 사실상 영어와는 거의 아무런 관련이 없는 새로운 언어로 완전히 탈바꿈하게 된 것이다.

우튼은 즉시 문자입력을 음성인식기능으로 전환하고는, 입을 마이크에 갖다 대었다. 그러고는 다소 긴장한 표정으로 천천히 그리고 아주 또박또박 발음하기 시작했다.

"꾸~움"

잠시 후 슈퍼 컴퓨터가 쉬지 않고 돌아가면서 옛 지구에서 쓰이던 언어 중 이 발음과 맞아떨어지는 단어를 찾기 시작했다. 그렇게 또 컴퓨터가 검색 과정을 막대그래프로 보여주기를 수 분. 드디어 화면에 뭔가가 뜨기 시작했다.

'꿈(GGUUM): 지구의 한국 언어. 엥글로브의 구메(ℍƐ)와 동일한 의미.'

"역시 한국어였군! 어디선가 많이 들어봤던 발음이라고 생각했던 건 결코 착각이 아니었어."

결국, 엥글로브 '구메'는 바로 그 기원을 옛 지구의 한국어 '꿈'에서 찾을 수 있었다. 본래 영어로는 'dream(드림)'이라고 표현하던 단어가, 사람들의 선호도와 그에 따른 필요에 따라서 한국어 'GGUUM(꿈)'으로 대체되었고, 'GGUUM(꿈)'은 받침의 종성을 발음할 수 없는 민족들을 위해 'GGUUMU(꾸무)'로 바뀌었으며, 이것이 다시 'GGUUME(꾸메)'에서 최종적으로 'GUME(구메)'로 변화하게 된 것이다.

하지만 변화한 것은 발음뿐만이 아니었다. 문자인 알파벳 역시 표준어 제정위원회에 의해서 대대적인 수술 작업에 들어갔다. 그 결과 처음에는 'GUME(구메)'로 표기되던 문자가, 역시 간소화 추세에 따라 'G'와 'U'의 혼합형인 'ℍ' 그리고 'm'과 'e'의 혼합형인 'Ɛ'로 압축된 것이다.

"이렇게 간단한 원리를 여태까지 헤매고 있었다니!"

우튼은 어처구니가 없다는 표정을 짓고는 한 손으로 머

리를 쓸어 올리며 중얼거리다가, 새삼스레 지금까지 새까맣게 잊고 있었던 중요한 기억을 찾아내게 해준 부인이 고마워졌다.

하지만 지금 이렇게 자아도취에 빠져 있을 시간이 없음을 깨달은 우튼은, 다시 정신을 차리고 생각을 정리하기 했다.

"이제 방금 얻은 초보적인 결과를 가지고, 그동안 이 행성으로부터 받았던 4가지 신호의 의미 분석을 시작해야 해. 만약 내 생각이 맞다면, 저들이 보내온 신호 역시 옛 지구의 언어를 신호로 전환한 것일 확률이 대단히 높다. 또 그렇다면 저들이 보내온 신호는 아마도 가장 보편적인 언어인 영어를 사용했을 것이므로, 우리 역시 영어를 음성화하여 알려준다면, 어느 정도 의사소통이 가능해질 확률이 높아지겠지!"

우튼은 본격적으로 이 행성 생명체들이 보내온 네 가지 신호들을 분석하기 시작했다. 먼저 이진법으로 구성된 모스부호는 옛 지구의 영어 알파벳 순서에 따라서 다시 정렬시키고, 그 단어를 다시 프로그램에 입력하여 검색해본 결과 '지구', '평화', '해독 불가', '대화 희망'이라는 의미로 풀이되었다. 이어서 다시 음성신호를 분석해보니, 이는 옛 지구의 영어와 불어, 독일어, 이탈리아어, 일본어 5개 언어로 보내온 것이었고, 의미는 모스부호를 풀어낸 내용과 같았다.

온몸이 부르르 떨리는 전율을 느낀 우튼은 흥분된 마음을 쉬이 가라앉히지 못했다. 하지만 그것도 잠시. 우튼은 뭔가

조우

불길한 느낌에 사로잡히고 말았다.

"뭐지, 이 느낌은?"

'저들이 전달하고자 한 말이 무슨 뜻인지를, 그리고 원하는 것이 무엇인지를 명확하게 깨달은 지금, 어째서 가슴이 이리도 답답해짐을 느끼는 것일까?'

"도대체 왜 저들이 옛 지구의 언어를 쓰고 있는 거지?"

"저들에게는 자신들의 언어가 없는 걸까?"

"그리고 왜 저들은 우리에게 '지구'라는 메시지를 보내고 있는 것일까?"

"우리가 지구인이라는 사실을 이미 알고 있는 걸까?"

"그렇다면 이건 정말 대단한 일인걸?"

"아니, 만일 그것이 아니라면?"

"설마, 여기가?"

"에이 말도 안 돼!"

우튼은 또다시 혼자 중얼거리며 고민하다가 기뻐하고 다시 또 얼굴을 붉히기를 반복했다. 하지만 이번 문제는 생각하면 할수록 머리만 더욱 복잡해지고, 심해지는 통증만을 느낄 따름이었다.

어쨌든 지금 이 상황에서 가장 시급한 일은, 저들이 우리에게 결코 적대적이지 않다는 사실을 상부에 알려야 하는 것이었다. 우튼은 LC팀 긴급 회의를 열었고, 행정팀장은 서둘러서 우튼의 연구결과를 보고서로 작성하여 상부에 올렸다. 그

리고 최고 지도자회의 의장은 7인의 의원들과 함께 이 문제의
구체적인 대응방안에 대해서 논의하기 시작했다.

6-1

"어쨌든 지금 내릴 수 있는 잠정적인 결론은, 이 행성 생
명체들이 보낸 신호가 옛 지구의 언어와 동일하다는 것뿐입
니다. 저들이 어떻게 옛 지구의 언어를 습득하게 되었는지,
그리고 왜 지구의 언어로 우리에게 연락을 하는 것인지, 또
왜 우리에게 '지구'라는 단어를 강조하는 것인지, 게다가 이곳
이 도대체 어떤 행성인지조차 현재로써는 정확하게 알 수 없
습니다."

의장을 포함한 최고 지도자회의 일원들이 LC팀 우튼 박사
의 브리핑을 경청하고 있는데, 대형 모니터가 켜지면서 함장
의 모습이 보였다.

"회의를 방해해서 죄송하지만, 긴급 상황이 발생했습
니다."

이에 모두들 모니터로 시선이 향했다.

"양쪽이 대치하기 시작한 지 24시간여가 지난 지금, 이 행
성 군대가 발포를 시작했습니다!"

그러자 잠시 뭔가를 생각하던 의장이 우튼 박사를 쳐다보면서 입을 열었다.

"LC팀 보고에 의하면 그간 받아온 신호를 풀어낸 결과 저들은 대화를 원하는 것 같았는데, 아무런 예고 없이 갑자기 발포를 하기 시작했다? 거참, 정말이지 갈수록 점점 더 미궁으로 빠지는 느낌이군. 혹시 사전에 어떠한 움직임도 감지하지 못했나요?"

의장의 질문에, 함장은 마치 기다리고 있었다는 듯 곧바로 대답했다.

"24시간 전 처음 양쪽이 대치했을 때, 이 행성의 군대 쪽에서 뜻을 알 수 없는 말소리가 수차례 반복해서 들렸다는 보고가 있기는 했습니다."

함장의 대답에 의장은 왼쪽 손을 이마에 대고 뭔가 생각에 잠긴 듯한 표정을 짓더니, 다시 입을 열기 시작했다.

"어쩌면 그 말소리가 저쪽의 최후 통첩이었을 가능성도 있겠군요."

하루가 지난 후, 갑자기 이 행성의 군대가 먼저 포를 쏘아대기 시작했다. 이에 아군과 굴착팀이 위험에 처하게 되었고, 결국 함장은 전투정들에게 지상에서 발포하는 모든 무기를 즉각 폭파하라고 명령하게 되었다. 덕분에 지상에 있는 군대와 굴착팀 인원들은 잠시 위기를 모면하게 되었지만, 이 일을 계기로 팽팽한 긴장상태에 놓여 있던 국면은 오히려 노골적인 전쟁 분위기로 치닫게 되었던 것이다.

그렇게 지상에서 포격하던 이 행성의 무기를 무력화시킨 지 수분 후. 지난번에 보았던 것과 같은 두 종류의 디자인과 도색을 한 십수대의 이 행성 비행체들이 출몰했고, 그들은 지상으로 다량의 폭탄을 투하했다. 다행히 이를 사전에 감지한 채광팀들은 서둘러서 실드 즉 방어막을 친 운반선에 몸을 숨겼기 때문에 별다른 피해 없이 무사할 수 있었지만, 채광현장에 있던 장비들과 발사대들은 모두 본래의 모습을 찾아볼 수 없을 정도로 부서지고 말았다. 또한 지상에 투입된 군대 역시 방탄장비를 착용했기 때문에 사상자가 발생하지는 않았지만, 한 번 더 폭격을 받으면 더 이상 안전을 보장받을 수 없을 정도로 장비가 훼손되고 말았다.

결국, 지상의 상황 보고를 받은 함장은 모든 전투정들에게 이 행성의 비행체들을 공격하라는 명령을 내리게 되었고, 방어막과 스텔스 기능을 갖춘 비행정들은 저들의 비행체들을 모두 격추시켰다. 그리고 이 과정에서 비행정의 조종사들을 포함한 그랜드 알리앙스호 전원은 다시 한 번 원인을 알 수 없는 울렁거리는 느낌을 맛보아야 했다. 그것도 이 행성 비행체들이 매번 땅 위로 떨어져 곤두박질을 할 때마다.

그런데 이 과정에서 예상치 못했던 일이 발생하고야 말았는데, 이 행성의 비행체 한 대가 추락하면서 그랜드 알리앙스호 전투정 한 대의 날개 부분을 강타하면서 폭발해버린 것이다. 그리고 엄청난 속도로 날아와 충돌하는 압력과 그 폭발을 견디지 못하고, 전투정을 둘러싼 방어막이 무너지면서 날개 한쪽이 두 동강났고 곧이어 추락해버렸다. 거기다가 엎친 데 덮친 격으로, 그 비행정은 하필 이 행성 군대가 주둔한 위치로부터 그리 멀지 않은 곳에 추락해버리고 말았다.

그렇게 일대 붉은색과 푸른색 폭죽의 향연이 화려하게 펼쳐지고 나서, 양측 모두는 잠시 소강 국면에 접어들었다. 아마 저들도 이제는 서서히 무기의 화력 면에서 도저히 그랜드 알리앙스호의 상대가 되지 않음을 깨달았는지, 일단 한 발짝 물러나 다시 전열을 가다듬고 향후 작전을 모의하는 듯했다.

따라서 이 잠시나마의 조용한 틈을 이용해서 그랜드 알리앙스호의 지상군은 수색대를 편성했고, 채광현장 반경 1km 이내를 수색하는 과정에서 격추된 상대방 비행체 두 대를 발견했는데, 뜻밖에도 미약하나마 한 조종사의 숨이 아직 붙어 있는 것이 아닌가. 수색대는 즉각 이 사실을 상부에 보고했고, 함장은 운반선으로 그 조종사를 그랜드 알리앙스호로 호송하라고 지시했다. 운반선이 그랜드 알리앙스호에 귀환하자 이미 대기 중이던 의학치료담당 MT(Medical Treatment)팀은 곧바로 조종사를 수술실로 옮겼다. 그리고 수술 중 그의 신체에서 일부 조직을 떼어내서 더불어 생물학적 분석을 담당하는 BA(Biological Analysis)팀에게 넘겨 유전자 분석을 의뢰했다. 그렇게 MT팀과 BA팀의 공조 하에 이 행성이 도대체 구체적으로 어떤 존재인지 파악할 수 있기를 기대하면서 기다리기를 한참.

"함장님, 다른 행성으로 보냈던 세 대의 ER-20 탐사선이 동영상과 사진들을 보내오기 시작했습니다!"

"그래? RA팀 대기시켜!"

보고를 받은 함장은 곧 이 사실을 최고 지도자회의에 알렸다. 그리고 RA팀은 슈퍼 컴퓨터로 ER-20에서 보내온 실시간 자료 분석 작업에 들어갔고, 덕분에 그랜드 알리앙스호에서는 여러 팀들이 동시에 분주하게 돌아가는 진풍경을 자아냈다. 함장은 대형 화면을 통해서 비춰지는 그 모습들을 바라보면서, 팔짱을 낀 채 혼잣말로 중얼거렸다.

"LC팀에서 풀지 못하고 넘겨준 숙제를, 어쩌면 MT팀과 BA팀 그리고 RA팀에서 해결해줄 수도 있겠군."

이런저런 생각을 하는 와중에 시간은 계속해서 흘러갔고, 함장은 본능적으로 뭔가 불길한 느낌이 서서히 들기 시작했다. 그도 그럴 것이, 이 행성의 반응이 이상하리만치 조용했던 것이었다. 만약 의장님의 판단이 옳다면, 분명 저들은 최후 통첩을 한 것이다. 그렇기 때문에 이쪽에서 어떠한 반응도 보이지 않자, 24시간이 지나서 포격을 가한 것이리라. 그렇다면 저들의 공군을 무력화시킨 상황에서, 단지 그랜드 알리앙스호의 화력이 월등히 뛰어나다는 것을 확인한 이 행성 생명체들이 이대로 그냥 꼬리를 내리고 수수방관할 것인가? 아니면 무언가 더 큰 화력을 투입하기 위해서 준비하는 시간을 갖고 있는 것일까?

"태풍 전야인가?"

함장은 순간 자리에서 벌떡 일어나 지시를 내렸다.

"그랜드 알리앙스호 중앙통제센터 전원은 제자리에 돌아와서, 동원할 수 있는 모든 감시채널을 가동하도록. 이 행성의 어떠한 작은 움직임이라도 결코 놓쳐서는 안 된다!"

함장의 명령에 모든 인원들이 속속 자기 자리로 돌아왔고, 중앙통제센터는 일순간 침묵 속에서 분주함을 보이기 시작했다.

6-2

최후 통첩을 한 지 24시간이 지난 시점까지도, 미지의 외계인들은 그 어떠한 반응도 보이지 않고 있었다. 결국, 중국과 인도 정부는 각 군대에게 발포를 명령했다. 이에 본격적인 전쟁의 서막이 오르게 되었다. 지상에 있는 군대는 전차와 포의 모든 화력을 집중적으로 퍼부었고, 잠시 후 미지의 외계인들이 잠복해 있는 지역에 붉은 화염이 치솟기 시작했다.

하지만 그것도 잠시. 갑자기 공중에서 푸른빛이 번쩍이기 시작하더니, 포격이 가능한 모든 장비들이 순식간에 파괴되었다. 그것도 인명피해는 전혀 없고, 한 치의 오차도 없이 오직 무기에게만. 육안으로는 아무것도 보이지 않는 허공에서 갑자기 푸른빛들이 번쩍이면서 자국의 병력이 무기력하게 파괴되는 모습을 본 양국 정부는, 일단 급한 마음에 전투기 편대를 출동시켜서 보이지 않는 적과의 힘겨운 싸움을 시도했지만, 어쩌면 너무나도 당연히 중국군과 인도군 전투기들만 전멸하는 결과를 낳고 말았다.

이런 참담한 소식을 전해 들은 비상대책위원회는 화력 면에서 미지의 생명체와는 비교할 수 없을 정도로 열세에 놓여 있다고 판단했고, 이제 이렇듯 소규모 단타 형식의 소모전을 펼치느니 차라리 지구연합군을 편성하여 일시에 총공격하는 대규모 전술을 선택하기로 결정했다. 그리고 그 전에, 먼저 적들이 주둔해 있는 두 곳에 핵폭탄을 쏘아 상대방의 주요화력을 무력화시킨 후 소탕작전에 나서는 것이 좋겠다는 의견이 지배적으로 많아지자, 비상대책위원회는 직접 중국과 인도 정부에 이러한 내용을 알리고 양해를 구했다. 더군다나 이 두 지역이 영토로 속해 있는 중국과 인도 두 나라는 모두 핵무기 보유국이기도 했으므로, 자체적으로 해결함으로써 오히려 핵무기를 발사하는 절차가 의외로 쉬워질 수도 있는 것이었다.

이에 연락을 받은 중국과 인도 정부는 구체적으로 이 중대

조우

사안을 논의하기에 이르렀고, 두 정부의 결정이 이뤄지기 전까지 중국 서부와 인도 동부에 주둔하고 있던 각국의 군대는 전력을 재정비하기 시작했다. 마치 새로운 경기를 하기에 앞서서 다시 운동장을 점검하듯이.

아울러서 아까의 전투 때 정체를 알 수 없는 한 비행체가 군대 뒤쪽으로 추락했다는 보고를 받은 중국군은 특별수색대를 조직해서 급파했고, 그 일대를 샅샅이 뒤진 결과 아직 연기가 채 가시지 않은 비행체를 찾아냈다. 그리고 그 안에서 아직 숨이 붙어 있는 조종사를 찾아내 생포하여 이송시켰고, 이미 대기 중이던 중국 의료진들은 헬리콥터로 후송된 그 생명체가 도착하자마자 수술실로 옮겨, 수술을 진행함과 동시에 조직 일부를 떼어내 유전자를 분석하는 작업에 착수했다.

7-1

의학치료담당 MT팀이 이 행성의 조종사를 수술대로 옮기자, 인공지능을 장착한 수술대가 사지의 위치를 인식하고는 자동으로 두 팔과 다리를 고정시켰다. 이는 만에 하나 발생할 수 있는 경련이나 혹은 갑작스러운 저항에 대비하기 위해서인 듯했다.

뒤이어서 MT팀 인원들이 그를 에워싸고 신속하게 조종사의 헬멧과 옷을 모두 벗기자 조종사의 알몸이 드러났는데, 그 모습을 보고 모두들 경악을 금치 못했다. 머리부터 발끝까지 그 생김새가 자기들과 별반 다를 게 없었기 때문이었다. 눈 코 입과 각각 다섯 개로 나눠진 손가락 및 발가락 심지어 신체의 전반적인 골격까지도 별 차이가 없었다. 다만 굳이 표면적으로나마 다른 점을 찾자면, 두 눈과 눈꺼풀 위로 가느다란 털들이 나 있다는 것과 피부색이 좀 더 짙다는 점 그리고 동공의 크기가 비교적 작다는 점이었다.

일단 이 조종사의 꺼질 듯한 생명을 살리는 것이 급선무였기에, MT팀은 놀란 가슴을 잠시 추스르고 수술대에서 물러났다. 그러자 인공지능 수술대는 조종사 전신을 자동으로 스캔하기 시작했고, 잠시 후 오른쪽 대퇴골과 상체의 쇄골 늑골 흉골 등이 다수 골절상을 입었음을 확인해주었다. 그런데 더 큰 문제는 늑골 하나가 부러지면서 오른쪽 폐에 손상을 줌으로써, 호흡에 큰 지장을 주고 있다는 점이었다.

수술대는 즉시 항균보호막을 치고 자체적으로 수술에 들어갔고, MT팀은 모니터링을 통해서 수술 경과를 수시로 확인했다. 또 때로는 수동으로 전환하여 직접 로봇 팔을 조종함으로써 수술대의 인공지능을 보조하는 등 매우 분주한 모습들을 보였다. 그리고 수술 중 떼어낸 조종사의 조직을 BA팀에게 넘겨 유전자 분석을 의뢰했다. 어찌 되었던 간에 지금 이 순간 시간 절약보다 더 절실한 단어는 존재할 수 없기에.

그렇게 긴장되는 시간들이 얼마나 흘렀을까? 인공지능 수술대가 다시 한 번 스캔을 하더니 초록색 불이 켜졌는데, 이는 수술대 위에 있는 생명체의 전반적인 상태가 양호함을 의미했다.

그때야 MT팀은 잠시 안도의 한숨을 내쉬는가 하더니, 이내 다시 상부에 보고할 준비를 하기 시작했다. BA팀에게서 유전자 분석결과가 도착하는 즉시, 목이 빠지라고 분석결과만을 기다리고 있는 최고 지도자회의로 달려가야 하므로.

같은 시각, 때마침 최고 지도자회의는 RA팀의 보고를 받고 있었다.

"따라서 이러한 정황들을 모두 합쳐서 살펴볼 때, 저희가 있는 이곳은 지구가 있는 태양계와 거의 일치하고 있습니다. 다만 ER-20에서 보내온 자료들을 분석한 결과, 몇 가지 차이가 나는 점이 있기는 합니다만."

이에 의장은 이해가 안 간다는 표정으로 반문했다.

"거의 일치한다니, 그건 또 무슨 의미인가요?"

그러자 RA의 행정팀장이 말을 이었다.

"다른 행성들의 공간적 위치 및 그간 저희가 확보한 각 행성들 자료는 모두 일치하고 있습니다. 그런데 이상하게도 이곳 태양계에는 지구와 화성이 존재한다는 것입니다. 그리고 슈퍼 컴퓨터는 계속해서 지금 우리가 있는 이 행성이 다름 아닌 지구라는 결론을 내리고 있습니다."

행정팀장의 보고에, 순간 최고 지도자회의 구성원 전체는 마치 꿀 먹은 벙어리처럼 아무런 말도 못하고 연신 서로의 얼굴만 쳐다볼 뿐이었다. 그러다가 의장이 겨우 입을 열어서 말했다.

"아니, 어떻게 그런 일이 벌어질 수 있다는 겁니까? 이게 도대체 어찌 된 영문이란 말인지, 거참!"

"그래서 저희가 추측하기에는."

말없이 의장과 최고 지도자회의 의원들의 반응을 묵묵히 바라보던 RA의 행정팀장이, 잠시 후 조심스레 입을 열었다.

"어쩌면 그랜드 알리앙스호가 블랙홀로 빠져 들어간 후 시간이 뒤틀어져 과거의 화이트홀로 튕겨 나온 것이 아닌가 하고 잠정적인 결론을 내렸습니다만, 현재로써는 이마저도 확실하다고 말씀드릴 수 없습니다."

누구하나 지금 이 상황을 명쾌하게 설명할 수 없게 되자, 서로 곁에 있는 사람들과 쑥덕거리기 시작했고, 최고 지도자회의 분위기는 삽시간에 술렁거리기 시작했다. 그리고 잠시 후, 의장 비서가 다가와 귀띔했다.

"MT팀과 BA팀 행정팀장들이 상황을 보고하려고, 대기 중입니다."

이에, 의장이 다급하게 말했다.

"어서 들여보내세요!"

곧이어서 MT팀과 BA팀 행정팀장이 들어왔다. MT 행정팀장이 보고하려고 단상 앞으로 나가자, 의장이 먼저 묻기 시작했다.

"이 행성의 조종사 상태는 어떤가요?"

"지금 회복 중입니다. 수술이 무사히 끝나서, 생명에는 큰 지장이 없을 것 같습니다."

"다행이군요. 보고하세요."

이에 MT 행정팀장이 보고를 시작했다.

"일단 조종사의 외형으로 미뤄봤을 때, 피부색과 눈가의 체모 그리고 동공 크기를 제외하고는 저희와 거의 동일합니다. 그래서 유전자 조직검사를 진행했는데, 놀랍게도 저희와 99.9% 이상 일치한다는 결과가 나왔습니다."

"그게 무슨 말인지 구체적으로 설명하세요!"

RA팀의 보고에 가뜩이나 머리가 복잡해지는데, 연이어서 MT 행정팀장마저 생각지도 못했던 내용을 보고하니, 의장은 머리가 터질 지경이었다.

"간단하게 말씀드리자면, 이 행성 생명체와 저희의 유전자 구조가 동일합니다."

순간 또다시 적막함이 시작되었다. 이 상황을 뭐라고 표현해야만 하는 것일까? 모두들 방금 있었던 충격에서 아직 헤어 나오지 못했는데, 여기에 더한 충격이 다시 한 번 가해졌으니, 그저 멍하니 MT 행정팀장을 쳐다볼 뿐이었다. 그리고 이러한 반응을 예상했는지, MT 행정팀장은 그저 묵묵히 앞을 바라보고만 서 있었다.

바로 그때, 이 어색한 침묵을 깨뜨리기라도 하듯 대형 모니터가 켜지고 함장이 보고를 해왔다.

"의장님, 행성에서 이상한 움직임이 포착되고 있습니다!"

의장은 서둘러 정신을 차리고 화면을 응시했다.

"뭡니까?"

"무언가를 발사시키려는 듯, 행성 두 곳의 움직임이 동시에 갑자기 바빠졌습니다. 그리고 우리 측 채광팀을 포위하고 있던 두 곳의 상대방 병력 역시 갑자기 빠른 속도로 철수하고 있습니다!"

그 말을 들은 순간, 의장은 갑자기 형용할 수 없는 불길한 예감이 들기 시작했다. 아마도 아주 만일의 경우이기는 하지만, 이곳이 어쩌면 지구일지도 모른다는 생각이 들었는지도 모른다. 그리고 의장은 그간 단 한 번도 볼 수 없었던 다급한 표정으로 소리를 질렀다.

"이 행성에 전쟁을 멈춰야 한다는 메시지를 보내야 하오. 지금, 당장!"

의장의 명령에 LC팀은 분주히 움직이기 시작했다. 그리고 잠시 후, 슈퍼 컴퓨터에서 추천하는 최적의 단어 음성을 전파신호로 전환하여 행성 곳곳에 반복적으로 내보내기 시작했다.

'피스(peace; 평화)'

일단 지금 할 수 있는 조치는 모두 다 취했다. 하지만 상황이 종료되기까지 안심하기는 일렀다. 따라서 어쩌면 지구일지도 모르는 이 행성에서 보내온 방식과 똑같이, 영어에 뒤이어 불어, 독일어, 이탈리아어, 일본어 4개 언어로도 발신하기 시작했다. 물론 잊지 않고 모스부호까지도.

그렇지만 의장은 아직도 긴장을 늦추지 못한 듯, 두 주먹을 꽉 쥐고 앞을 응시하면서 혼잣말로 중얼거리기 시작했다.

"지금 이 전쟁을 멈추지 않으면, 어쩌면 영원히 돌이킬 수 없는 일이 발생할지도 모른다. 아무리 후회해도 소용없는!"

함장 역시 서둘러서 채광팀과 지상에 투입한 병력들을 모두 그랜드 알리앙스호로 귀환하도록 명령했다. 그리고 얼마 후 그들이 모두 귀환했다는 보고를 듣자마자, 뒤이어서 실드 즉 보호막만을 치고 스텔스 기능은 해제함으로써 그랜드 알리앙스호의 모습을 이 행성 생명체들에게 드러내도록 했다. 그렇게 육안으로도 뚜렷하게 보이는 그랜드 알리앙스호의 거대한 위용이 드러나자, 이 행성 곳곳에 다시 신호를 내보내기 시작했다.

'토크(talk; 대화)'

'미팅(meeting; 만남)'

7-2

언제부터인가 신문과 뉴스에는 거의 매일 지구촌의 크고 작은 분쟁 소식들이 등장하고 있다. 아랍인과 유대인들 간의 영토주권을 둘러싸고 일어나는 팔레스타인과 이스라엘의 영토 분쟁. 친이스라엘 정책으로 갈등을 빚고 있는 기독교의 미국과 이슬람교의 중동. 아브라함이라는 같은 뿌리를 두고 있지만 예수를 메시아로 볼 것인가라는 문제에서 갈등을 일으키는 유대교와 기독교 그리고 이슬람교. 마호메트의 조카 이맘 알리를 정통후계자로 내세우는 이슬람교의 시아파와 4대 칼리프만을 정통후계자로 인정하는 수니파. 경제와 군사력 최강국을 놓고 과도한 경쟁을 하는 미국과 중국. 다시 고개를 들고 있는 미국과 러시아의 냉전체제. 하나 된 중국을 외치는 중국대륙과 독립정부를 주장하는 타이완. 영국 식민지 시절의 '맥마흔 라인'을 인정하는 인도와 영국 침략 이전의 전통적인 경계선을 주장하는 중국의 국경선을 둘러싼 분쟁. 청일전쟁 당시 주인 없는 땅이라며 자국 영토로 편입시킨 일본과 역사적으로 이미 자국의 영토에 속해왔다고 주장하는 중국의 센카쿠열도(중국 명칭 댜오위다오) 분쟁. 1952년 한국 정부가 '이승만 라인'을 선포하며 독도는 자국영토임을 재천명하자, 1905년 자체 선포한 것을 근거로 자국 영토라고 주장하는 일본 정부. 권력투쟁과 독재권력 유지를 위한 아프리카 정부군과 반정부군 사이의 끊임없는 분쟁. 그리고 독립과 영토분할을 주장하며 극단적인 유혈사태까지도 불사하는 중국 소수민족 갈등까지.

하지만 이제 정체를 알 수 없는 미지의 생명체가 불시에 방문함으로써, 이 모든 분쟁들은 잠시 소강상태에 접어들었다. 아니 어쩌면 그들의 예고 없는 방문이, 지구촌 전체가 처음으로 하나가 되는 동기를 제공한 것이라고 표현해도 과언이 아닐 듯하다. 어차피 하나뿐인 지구를 지키지 못하면, 국가 영토나 민족 심지어 종교문제를 가지고 다투는 것은 아무런 의미가 없으므로.

뭐랄까? 지금의 이 상황은 과거 중국에서 있었던 두 차례의 국공합작을 지구 전체로 확대한 모습이라고 표현할 수 있을지도 모르겠다. 1920년대 중국의 공산당과 국민당은 상호간의 첨예한 갈등을 뒤로하고, 공동의 목표인 군벌과 그 배후에 있던 제국주의 열강에 대항하기 위해서 협력한 바 있다. 그리고 또 1930년대에는 일본 제국주의의 침략에 대항하여 재차 서로 손잡고 통일전선을 형성하여, 공동으로 대항한 바 있었던 것이다. 물론 공동의 목표를 이룬 후에는, 원점으로 돌아가서 첨예한 대립각을 다시 세우기는 했지만.

처음에는 UN과 G7 그리고 세티와 나사를 중심으로 돌아가던 비상대책위원회는, 중국과 인도에서 발생한 전투를 계기로 이제 그 회원국의 범위를 전 세계로 확대했고, 그 결과 지구연합군이 탄생하게 되었다.

　중국과 인도에서의 참담한 전투성적표를 받은 비상대책위원회는 지구연합군 총공격을 감행하기로 결정했고, 그 전에 먼저 핵폭탄을 쏘아 상대방의 주요 화력을 무력화시킬 수 있도록 중국과 인도 정부가 협조해주길 공식 요청했다. 이에 중국과 인도 두 정부는 처음에는 있을 수 없는 일이라며 강력하게 거절의사를 밝혔지만, 주변국들의 끊임없는 설득과 무엇보다 지금 이 불을 진화시키지 않으면 나중에 작은 불이 산 전체에 옮겨붙게 되어서 더 큰 화를 자초할 수도 있다는 판단하에, 결국 비상대책위원회의 요구를 받아들이게 되었다. 그리고 인도와 중국 정부는 자국 영토에 자국 핵무기를 발사하는 역설적인 행동을 취하기 전, 먼저 그곳에 주둔해 있던 각국의 군대를 철수시켰다.

**

　필리핀과 베트남 등 주변국과의 영유권 분쟁으로 갈등 중인 남중국해를 순찰하고 있던, 중국의 JIN급 핵잠수함 094-SSBN.

　"함장님, 해군 참모 총장님으로부터의 연락입니다."

　　　　　　　　　　　　　　　　　　　　　　　　조우

통신담당의 호출에, 함장실에서 서둘러 나와 지휘실로 돌아온 함장은 수화기를 들었다.

"네, 함장입니다."

무슨 얘기가 오가는 건지는 모르겠지만, 함장의 표정으로 보았을 때 꽤나 심각한 상황이 발생한 듯했다.

"네, 알겠습니다."

연락을 끊은 함장은 잠시 무언가 골똘히 생각하더니, 일등항해사와 행정관을 불러서는 한참동안 이야기를 주고받았다. 그러고는 일등항해사가 몸을 돌려 누군가를 불렀다.

"조종팀 랑쟈. 랑쟈!"

티베트 자치구의 라싸가 고향인 랑가는 중국 55개 소수민족 중 하나인 티베트족 사람이다. 따라서 고향에서는 자신의 이름을 티베트어인 '랑가'로 불렸지만, 중국의 표준어로는 '랑쟈'라 발음하였다.

"네, 일등항해사님!"

"지금 즉시 임무교대 한다."

"네? 아직 교대시간이 안 되었는데요?"

"사령부에서 전달해온 특수임무를 진행해야 하기 때문에, 지금부터 임무가 종료될 때까지 조종팀의 좌표 설정은 내가 직접 맡는다!"

말을 마친 일등항해사는 앞을 응시하며 다시 큰 소리로 외쳤다.

"그 밖의 부대원들은 전원 각자 위치로!"

이어서 함장이 지시를 내렸다.

"선체를 좌현으로 37도 이동한다. 그리고 전속력으로 전진하도록."

얼떨결에 자리에서 물러난 랑가는, 어리둥절한 표정으로 선원실에 돌아왔다. 그리고는 2층에 있는 자신의 침대에 누워서 무료함을 달래듯 잡지를 넘기기 시작했다.

얼마나 지났을까? 선원실을 오가는 몇몇 선원들이 힐끗힐끗 자신을 쳐다보는 느낌이 들어서 고개를 돌려 쳐다보노라면, 그들은 무언가 들키지 않으려는 듯 황급히 선원실을 나가는 것이 아닌가! 처음 한두 명이 그랬을 때는 아무 일도 아닌 듯이 넘겨버렸지만, 이제는 거의 모든 선원들이 그렇게 하고 있었다. 더군다나 자기 한 명을 제외하고는, 마치 긴급 상황이 발생한 것 마냥 모든 선원들이 분주하게 움직이고 있으니.

뭔가 이상한 낌새를 챈 랑가가 조용히 몸을 일으켜 선원실을 나와서는, 천천히 함 내의 좁은 통로 여기저기를 배회하기 시작했다.

"이게 어떻게 돌아가는 일인지 모르겠군."

"그러게 말이야. 주먹으로 자기 얼굴을 때리는 격이니. 나원, 참!"

"그러니, 랑쟈는 오죽하겠어?"

"이거야말로 아이러니지! 자기가 탄 잠수함의 핵폭탄을

자기 집 앞마당에 떨어뜨려야 한다니."

"참으로, 기가 막힐 노릇이야!"

본의 아니게 두 선원의 대화를 엿듣게 된 랑가는, 상황이 뭔가 이상하게 돌아가고 있다는 생각이 들기 시작했다. 그것도 함 내에서 자기만 모르는 상황이.

"이봐! 도대체 그게 무슨 말이야?"

뒤에서 갑자기 튀어나온 랑가의 모습에, 두 선원은 놀라고 말았다.

"아! 아니, 그게 아니라!"

랑가는 다그치듯 물었다.

"도대체 상황이 어떻게 돌아가는 거야? 어떻게 된 거냐고!"

랑가의 고함소리에 두 선원은 잠시 서로를 바라보더니, 이윽고 안경을 낀 한 선원이 난처한 표정으로 입을 열었다.

"우리는 지금 중국 남부 해안으로 향하고 있고, 도착하면 핵폭탄을 발사할 거라는군."

핵폭탄이라는 말에, 랑가는 무척이나 놀랐다.

"핵폭탄? 왜 갑자기? 전쟁이라도 난 거야? 어디로 발사하는데?"

랑가의 속사포와도 같은 연이은 질문에, 다른 한 선원이 대답했다.

"자세한 내용은 우리도 잘 몰라."

대답하던 선원이 말을 대충 얼버무리자, 랑가는 다시 다그치기 시작했다.

"어딘데? 그게 어딘데?"

두 선원이 대답하기를 망설이는 동안, 랑가는 방금 두 선원의 대화를 되짚어보고는, 이내 눈이 커지기 시작했다.

"설마?"

랑가는 생각했다. '아까 함장은 분명 해군참모총장의 연락을 받았다. 그리고 나서 일등항해사가 다가와서는 교대하도록 했지. 그럼 결국 이번 임무는 내가 알아서는 안 되는 일이었다는 얘긴데, 왜지?'

여기에까지 생각이 미친 랑가는 몹시 초조해졌다. '다시 정리해보자. 내가 몰라야 하는 임무이고, 지금 이 잠수함은 갑자기 중국 남부해안으로 돌아가고 있다. 그리고 핵폭탄을 쏜다고? 그렇다면 어디로? 방금 저 둘은 핵폭탄을 자기 집 앞마당에 떨어뜨린다고 했는데, 설마 내 고향 라싸? 아니 왜?'

랑가는 두 선원을 뒤로 하고, 어디론가 급히 발걸음을 옮겼다. 두 선원은 랑가의 뒷모습을 바라보며 서로를 쳐다보고는 그저 어리벙벙한 표정만 지을 뿐이었다.

그리고 얼마 후, 지휘실에서는 통신담당이 함장에게 방금 받은 내용을 보고하고 있었다.

"함장님. 전군 철수 완료했답니다."

보고를 받은 함장이 일등항해사에게 물었다.

"음, 우리는 지금 어디에 와 있나?"

"3분 내에 목적지 도착합니다."

일등항해사가 대답하자, 함장이 지시를 내렸다.

"엔지니어. 이제 수면으로 상승하도록."

잠시 후 094-SSBN이 수면으로 완전히 떠오르자 파란 하늘을 배경으로 한 검은색의 육중한 모습이 드러났고, 이어서 함장이 말했다.

"미사일 장착하고, 발사 좌표 입력해."

잠시 후, 일등항해사가 함장에게 보고했다.

"발사 컴퓨터 로딩 중입니다."

"미사일 장착 완료했습니다."

그러자 함장과 행정관이 목에 걸려 있던 목걸이 형태의 발사 열쇠를 꺼내 일등항해사에게 건넸고, 일등항해사 역시 자신의 목에 걸려 있던 발사 열쇠를 꺼내어 모두 꽂았다. 함장은 그 모습을 보고는, 이내 엄숙한 표정으로 명령을 내렸다.

"탄두 활성화 시작."

그러자 일등항해사가 발사 열쇠 세 개를 모두 돌리면서 말했다.

"활성화 완료. 발사 컴퓨터 로딩 중입니다."

잠시 후, 함장이 입을 떼었다.

"발사 시스템 작동!"

"발사 코드 입력!"

함장은 손에 들고 있던 서류봉투에서 서류 한 장을 꺼내 읽기 시작했다.

"9-3-0-2-7-8"

일등항해사가 함장이 말하는 숫자를 하나씩 입력하고 엔터키를 누르자, 화면의 붉은색 등이 푸른색으로 바뀌었다. 함장은 일등항해사가 자신을 응시하며 고개를 한 번 끄덕이자, 다시 지시했다.

"튜브 열어!"

"손들어! 모두 움직이지 마!"

순간 함장을 포함한 지휘실에 있던 전체 부대원이 소리가 나는 쪽으로 고개를 돌렸다. 다름 아닌 랑가였는데, 그의 손에는 총기가 들려 있었다.

"지금 그 핵폭탄을 어디로 쏘려는 겁니까? 라싸인가요?"

무척이나 긴장한 듯 보이지만 비장해보이기까지 한 랑가의 표정에, 함장은 오히려 담담한 표정으로 말을 하기 시작했다.

"랑쟈. 지금은 비상전시사태네. 해군 참모 총장님의 지시는 곧 국가의 결정을 뜻하니, 우리는 따를 수밖에 없다는 거 자네도 잘 알잖나?"

"왜 하필 라싸지요? 왜?"

"현재로서는 나 역시 정확한 원인을 모르네. 다만 라싸지역이 정체불명의 적에게서 공격을 받았는데, 그들을 소탕하

190   조우

기 위해서는 이 방법밖에 없다는군."

"말도 안 돼! 아마도 수 년 동안 그래왔듯이, 이번에도 티베트의 독립을 외치는 사람들이 데모를 했겠지요. 그런데 이번에는 수습이 어려울 만큼 그 규모가 걷잡을 수 없이 커지니까, 이렇게 단숨에 진압하려는 것 아닌가요? 왜요, 내 말이 틀렸나요?"

"랑쟈. 그건 오해일세. 내가 맹세코 말하는데, 절대로 자네가 생각하는 그런 상황이 아니네."

"그럼 뭔데요? 제대로 설명해보십시오."

함장은 고민 끝에 이야기를 털어놓기 시작했다.

"지금 우리 중국 서부와 인도 동부에, 미지의 생명체들이 침입했네. 하지만 그들의 화력이 우리와 비교가 되지 않을 정도로 매우 강력해서, 상부에서는 부득이하게 핵폭탄을 쏘도록 결정한 것이네."

함장의 설명에 랑가 뿐만 아니라 일등항해사를 포함한 전체가 믿지 못하겠다는 표정으로 함장을 쳐다보았다. 하지만 잠시 후, 랑가는 어이가 없다는 표정으로 웃으며 말했다.

"대단하군. 정말 대단해! 나보고 그 말을 믿으라고요? 정말 어처구니가 없군!"

랑가가 총을 잡은 두 손을 다시 한 번 꽉 움켜지고는 말했다.

"발사 취소하십시오. 만약 그렇지 않으면!"

순간 랑가의 뒤에 있던 한 선원이 달려들어 랑가를 진압하려고 했고, 이에 랑가는 그와 실갱이를 벌이며 저항하다가, 그만 총알이 발사되었다. 랑가를 진압하려던 선원의 복부에서 선홍빛의 액체가 서서히 옷을 적시기 시작했고, 이에 그 모습을 지켜보던 행정관이 허리춤에서 권총을 꺼내 랑가에게 발사했다.

"탕!"

잠시 후 랑가의 오른쪽 가슴 역시 선홍빛으로 물들기 시작했고, 랑가는 그 자리에 주저앉고 말았다. 일등항해사가 순간 달려가서는 바닥에 쓰러지려는 랑가를 부축하자, 그는 일등항해사와 함장을 번갈아 쳐다보고는 힘겨운 듯 간신히 말하기 시작했다.

"대의를 위한 작은 희생은 불가피하다고요? 콜록. 큰 원한을 화해시키려고 하면서 작은 원한의 잔재가 있다면, 어찌 훌륭하다고 할 수 있겠습니까?"

순간 그의 눈앞에는 고향에 두고 온 아버지와 동생 케젠 그리고 푸른 초원들이 펼쳐졌고, 랑가는 그렇게 서서히 숨을 거두고 말았다.

"도대체 왜 이런 일이 발생한 거야!"

일등항해사가 랑가를 바라보며 눈시울을 적시자, 함장 역시 침통한 표정으로 묵묵히 그 모습을 바라보고 있었다. 하지만 그것도 잠시.

"한시가 급하다. 튜브 열어!"

함장의 다급한 목소리가 전해지자, 일등항해사는 옷소매로 자신의 눈물을 한 번 닦더니 일어났다. 이윽고 잠수함의 미사일 저장고 튜브가 열리자, 함장이 직접 발사버튼을 눌렀고, 이에 자동으로 카운트다운이 시작되었다.

"10"

"9"

"8"

"7"

그때였다. 헤드셋을 벗으면서, 통신담당이 다급히 외쳤다.

"정지! 발사 정지하랍니다!"

함장은 그 소리에 즉각적으로 다급하게 명령했다.

"발사 정지! 발사 정지!"

그러고는 아까의 그 서류를 다시 보면서 외쳤다.

"0-8-2-3-6-1"

일등항해사가 서둘러서 화면의 버튼을 눌러서 숫자를 입력하고 엔터키를 누르자, 카운트다운은 숫자 3에서 멈춰섰다.

그렇게 긴박한 순간들이 지나자 함장은 곧바로 해군참모총장에게 연락했고, 이야기가 끝나자 잠시 숨을 고른 함장이 바닥에 쓰러져 있는 랑가를 바라보며 말했다.

"랑쟈가 시간을 끌지 않았다면, 자칫……."

함장이 말을 채 끝내지 못하고 일등항해사의 얼굴을 바라보자, 일등항해사 역시 고개를 끄덕이며 그런 랑가의 모습을 바라보았다.

다행히도 인도 측 역시 핵폭탄 발사 직전에 상황을 멈출 수 있었다. 발사 준비와 통제를 맡고 있던 지상통제소 인원들과 그 장면을 초조하게 지켜보던 중국과 인도의 양쪽 총사령관들도, 갑작스러운 취소 명령에 안도의 한숨을 내쉬기는 했지만, 이내 취소 이유가 무엇인지 궁금해져서 서로 이러쿵저러쿵 의견이 분분해지다 보니, 일순간에 지상통제소는 다시 술렁이기 시작했다.

그리고 잠시 후 발사 취소 이유가 공개되었는데, 그것은 다름 아닌 저 미지의 생명체들이 발신한 '평화'라는 내용의 메시지 때문이었던 것이다.

일단 최악의 상황이라는 급한 불은 껐지만, 점차 시간이 지나면서 전쟁 피해자였던 인도와 중국 나아가 비상대책위원회의 모든 회원국들은 의구심을 감추지 못했다. '예고 없이 찾아온 갑작스러운 방문에 뒤이어 마치 지구를 집어삼킬 것 같은 기세로 덤벼들던 저들이, 왜 갑자기 평화를 외치면서 화해를 요청하는 것일까?' '여태까지 알 수 없는 언어로 대화를 요청하던 저들이, 어떻게 갑자기 지구의 언어로 대화를 요청하고 있는 것일까?' '그리고 언제 지구의 언어를 습득하게 된 것일까?' 생각하면 할수록 점점 미궁에 빠져들 뿐이었다.

그렇게 새로운 국면에 접어든 비상대책위원회가 저들의 진의가 무엇인지 파악하지 못해서 우왕좌왕하고 있을 무렵, 새로운 상황이 또 발생했다. 중국 서부와 인도 동부 사이의 상공 20km 지점에서 거대한 물체가 레이더에 포착되었다는 보고가 들어왔던 것인데, 이곳은 애당초 미지의 생명체들이 발신한 지점을 파악하여 처음으로 전투기들을 보낸 곳이기도 했다. 물론 중국군 전투기 한 대가 폭발한 지점이기도 했고.

　보다 더 엄격하게 말해서 그곳은 네팔의 수도인 카트만두 부근인 것으로 확인되었는데, 발 빠른 TV 기자들이 어떻게 알았는지, 벌써 네팔 현지와 중국 그리고 인도의 일부 채널에서는 이미 긴급속보 프로그램을 편성하여 그 모습을 보도하고 있었다. 하지만 그런 당혹스러움도 잠시, 비상대책위원회는 TV 화면에 비친 거대 비행체의 모습을 보고 그만 말문이 막히고 말았다. 마치 그 끝이 보이지 않는 초대형 타이어 하나가 하늘에 떠 있는 듯한 모습. 그 가운데에는 삼각형의 휠이 원형의 타이어와 연결되어 끊임없이 회전하고 있었다. 그리고 그 타이어를 구성하고 있는, 너무 많아서 차마 헤아릴 수 없을 것만 같은 반짝이는 은빛의 조각들. 저들은 어떻게 한 것이기에, 저 큰 덩어리를 그동안 어떤 탐색기로도 감지하지 못하도록 한 것일까? 저들은 도대체 어느 행성에서 온 어떤 존재이기에, 이러한 상상할 수도 없는 엄청난 기술력을 갖출 수 있었을까? 그저 그 어마어마한 크기로 보았을 때, 아마

도 미지의 생명체들이 타고 온 모함(母艦)인 것 같다는 짐작만
이 가능했을 뿐이다.

비상대책위원회는 TV 화면을 통해서 그 모습을 보았을 뿐
이지만, 저들의 모함이 얼마나 거대한지 개략적으로나마 가
늠할 수 있었고, 그 위용에 기가 질려서 심지어 말로 표현할
수 없는 두려움까지 느끼는 한편, 또 다른 의구심마저 들기
시작했다. '왜 이제 와서 갑자기 자기의 정체를 드러내는 것일
까? 혹시 저 거대한 모습으로 기를 죽이려는 의도는 아닐까?'

하지만 저 미지의 생명체들은 우월한 기술력만큼이나 예
지능력도 지구인들보다 월등했는지, 잠시 후 비상대책위원회
의 밀려오는 궁금증들을 예상이라도 한 것처럼 '대화'와 '만
남'이라는 메시지를 연이어서 보내왔다.

이제 비상대책위원회는 이 역사적인 순간을 맞이하기 위
해서 무척이나 바빠지기 시작했다. 그들은 한편으로는 저 미
지의 생명체들과 구체적으로 언제 어디서 어떻게 만날 것인
지 논의하면서, 또 한편으로는 혹시나 발생할 수 있는 만일의
상황에 대비하여 여전히 연합군과 핵무기를 바로 동원할 수
있도록 대기시켰다.

그렇게 미지의 생명체와의 만남을 준비하느라고 또 만일
의 사태에 대비하기 위해서 분주한 와중에, 비상대책위원회
는 중국 정부의 연락을 받았는데 그 내용이 실로 충격 그 자
체였다. 얼마 전 전투가 일어났던 현장에서 미지의 생명체 일

조우

원으로 보이는 군인을 생포했는데, 조직검사 결과 그 포로와 지구 인류의 유전자 구조가 일치한다는 데이터가 나왔다는 것이었다. 비상대책위원회는 그때서야 비로소 왜 저들이 지구의 인류에게 먼저 대화와 만남을 요청했는지, 막연하나마 어느 정도는 추측할 수 있을 것도 같았다.

8

서로가 정확하게 어떤 존재인지, 그리고 어떠한 의도를 가지고 있는지 파악하지 못한 상황에서, 상대방의 일방적인 요구대로 따른다거나 혹은 직접 대면하는 것은 무척이나 조심스럽고도 어려운 일이다. 따라서 양측은 우선 화상대화부터 시작하는 데 합의했다.

잠시 후 그랜드 알리앙스호 최고 지도자회의 회의실과 지구의 비상대책위원회 상황실 모니터가 켜졌고, 각각의 모니터에는 상대방의 모습이 서서히 비춰지기 시작했다.

비록 그랜드 알리앙스호 의장과 지구 비상대책위원회 위원장은 모두 개별적으로 상대방의 외형 및 유전자 정보와 관련한 보고를 받기는 했지만, 직접 자신의 눈으로 확인하는 것은 이번이 처음이었기에 다소 긴장한 듯한 모습이 역력했다.

그리고 이제 뚜렷하게 보이는 상대방의 모습. 언뜻 보기에도, 눈썹과 속눈썹의 유무와 동공의 크기 그리고 다른 피부색을 제외하고는 별다른 차이점을 발견할 수 없었다.

예상은 했지만, 이 정도일 줄이야. 그랜드 알리앙스호 의장과 지구 비상대책위원회 위원장은, 서로의 너무나 흡사한 외형에 놀랄 수밖에 없었다. 하지만 처음 보는 자리에서 놀라는 모습을 보여, 상대방의 불쾌감을 유발하는 것은 큰 실례인 법. 물론 양측 대표와 화면에 잡히는 주변 인물들은 최대한 그런 모습을 드러내지 않으려고, 이른바 표정관리라는 것을 하고 있었다. 거기다가 또 서로가 상대방에게 결코 가벼운 인상을 주지 않으려고 애써 엄숙한 표정까지 지었으니, 실로 이 두 대표의 표정은 차마 말로는 도저히 형용할 수 없는 아주 애매한 모습을 연출했다. 그리고 그렇게 얼마간의 어색한 탐색전을 마친 후, 드디어 그랜드 알리앙스호 의장이 먼저 입을 열었다.

"나는 그랜드 알리앙스호 최고 지도자회의 의장이오."

곧바로 뒤이어서 슈퍼 컴퓨터가 지구의 영어로 통역하기 시작했다. 그리고 슈퍼 컴퓨터의 통역이 끝나자, 의장은 계속해서 말을 이었다.

"아직 슈퍼 컴퓨터의 통역 성능을 확인하지 못했는데, 내 말을 이해하시겠소?"

그러자 지구의 비상대책위원회 위원장이 입을 열었다.

"이해하는 데 큰 문제는 없는 듯하군요. 보아하니 당신들 정도의 기술력이면, 수년 동안 우리가 끊임없이 보낸 신호를 받아서 해독하고도 남았을 텐데, 왜 여태까지 단 한 번도 답신을 보내지 않은 것이오?"

"무슨 말인지 이해할 수가 없군요. 신호라니요? 우리는 그쪽에서 보내온 어떤 신호도 받은 바가 없소."

그랜드 알리앙스호 의장은 대답한 후 곧바로 주변의 의원들을 돌아다보았으나, 누구하나 신호에 대해 알고 있는 이는 없는 듯했다.

알겠소. 그 얘기는 차차 하기로 하고, 나는 지구의 비상대책위원회 위원장인 미국 대통령입니다."

그 말이 통역되는 순간, 그랜드 알리앙스호 의장과 그 모습을 지켜보고 있던 의원들은 너무 놀라서 할 말을 잃은 채로 그만 경직된 모습을 보이고 말았고, 그 모습을 지켜보던 지구의 비상대책위원장과 역시 주변 인물들은 무슨 영문인지 몰라서 어리둥절하고 있었다.

"서, 설마 했는데. 정말로 지구, 거기다가 말로만 듣던 미국이라니!"

자기도 모르게 의장이 중얼거리는 순간, 슈퍼 컴퓨터는 의장의 혼잣말까지 통역했다. 그러자 지구의 비상대책위원회 위원장이 의아한 표정으로 반문했다.

"무슨 말인지요? 나로서는 도통 영문을 모르겠군요."

하지만 그래드 알리앙스호 의장은 마치 지구 비상대책위원회 위원장의 말은 전혀 귀에 들어오지 않는 듯, 전혀 상관없는 엉뚱한 질문을 하기 시작했다.

"지금 지구는 몇 년도인가요?"

"올해는 서기 2015년입니다만."

위원장이 여전히 어안이 벙벙한 채로 얼떨결에 대답하자, 의장은 기가 막힌다는 듯한 표정을 짓더니 한숨을 지으며 한마디를 내뱉었다.

"2015년이라!"

지구의 비상대책위원회 위원장은 여전히 영문을 알 수 없다는 표정으로 의장의 모습을 바라보았다. 그러다가 잠시 후, 순간 위원장 역시 뭔가 떠오른 듯 동공이 커지면서 물었다.

"설마! 설마하니, 당신들은?"

얼마나 되는지 모를 기나긴 침묵을 깨고, 의장이 다시 입을 열었다.

"완전히 포기했었는데. 어쩌면 다 꺼진 줄 알았던 불씨를 다시 살릴 기회를 얻은 것일지도 모르겠군."

의장은 그동안 있었던 일들을 설명하기 시작했다. 지구에서 발발했던 핵전쟁을 시작으로 하여, 일루전호와 그랜드 알리앙스호의 제작 배경. 그리고 블랙홀로 빠져들어 이곳까지 오게 된 과정까지도.

그랜드 알리앙스호 의장의 말을 경청하던 지구 비상대책

위원회 위원장과 그 주변에 있는 인물들은, 무슨 SF소설과도 같은 이야기에 기가 막힐 따름이었다. 의장의 말에 의하면, 향후 몇 년 안에 지구에서는 핵전쟁이 발발하게 되고, 또 그 여파로 결국에는 지구가 멸망하게 된다는 것이다. 그리고 최후에는 화성과의 충돌로 산산조각이 나게 되어 지구라는 행성의 존재 자체가 사라지게 될 것이고. 아무리 의장의 표정과 말이 진지하고 믿음이 간다고 해도, 지금 현재로써는 도저히 받아들일 수 없었다. 아니 인정 자체를 할 수가 없었다. 이에 갑작스럽게 밀려오는 혼란스러움으로 인해서 복잡해진 머리를 가볍게 흔들어 부정하고, 다시 정신을 차린 위원장이 사뭇 진지하고도 또 한편으로는 의심스러운 표정으로 물었다.

"그럼 그대들이 우리의 먼 미래 후손들이라는 얘긴데, 우리는 도대체 무엇을 근거로 그 말을 믿어야 한다는 것이오?"

그러자 의장은 위원장의 그러한 태도를 쉬이 이해할 수 있다는 듯, 침착하게 말을 이었다.

"믿고 안 믿고는 여러분들의 자유지요. 다만 지금 여러분들이 이 상황을 보다 냉정하게 직시하지 않는다면, 어쩌면 마지막으로 지구를 살릴 기회를 그냥 날려버리게 된다는 것입니다."

의장은 잠시 고개를 돌려서 곁에 있던 비서에게 뭔가를 지시했고, 이에 비서는 서둘러서 의장 곁을 떠났다. 그리고 잠시 후, 그 비서는 손바닥 크기만 한 동그란 모양의 무언가를 가져와서 의장에게 건넸고, 의장이 그것을 탁상 위에 올려놓고 버튼을 누르자 홀로그램이 등장해서는 말을 하기 시작했다. 그 홀로그램에 등장한 인물은 다름 아닌 의장의 젊었던 학창시절 공통교육과정의 역사 선생님이었던 것이다.

"자 이제부터 잘 들어보기 바랍니다. 판단은 그 후에 해도 늦지 않을 터이니."

의장은 덤덤한 표정으로 한 발짝 물러나 홀로그램을 주시했고, 슈퍼 컴퓨터는 역사 선생님의 말을 통역하기 시작했다.

많은 사람들이 한참 동안을 홀로그램 설명에 집중했고, 홀로그램이 꺼진 후에도 기나긴 적막의 시간이 한동안 계속해서 흘렀다. 한참이 지난 후, 드디어 위원장이 혼잣말로 중얼거리기 시작했다.

"그렇게 된 것인가? 어쩌면 이것이 정말로 우리에게 보내는 마지막 경고일지도 모르겠군."

단순히 모니터를 통해서 비춰지는 모습을 멀찍감치 바라보면, 양측의 겉모습은 거의 차이를 구별할 수 없을 것 같았다. 하지만 조금 더 가까이 다가가서 바라보면, 언뜻 눈으로만 살펴보아도 쉽게 찾을 수 있는 분명한 차이점들이 존재했다.

이미 확인된 겉눈썹과 속눈썹의 유무. 그랜드 알리앙스호 구성원들이 모두 예외 없이 맑은 우윳빛에 가까운 피부색을 지닌 반면, 지구에서 온 방문단은 황인종과 백인종 그리고 흑

인종으로 구분되는 다양한 피부색을 지녔다는 점. 그리고 그랜드 알리앙스호 구성원들은 지구인보다 동공이 컸으며, 눈동자 역시 매우 옅은 색을 띠고 있었다.

양측의 유전자 구조가 분명히 동일한데도 이처럼 외형상 확연한 차이가 있음, 그리고 그랜드 알리앙스호가 지구인의 후손임을 감안한다면, 최소한 그랜드 알리앙스호 구성원들이 장시간의 우주항해를 하면서 유전적 변이를 겪어왔다는 추측이 가능했다. 하지만 이것은 어디까지나 추측일 뿐, 구체적인 이유는 양측의 연구를 통해서나 밝혀낼 수 있을 것이다. 따라서 어느 쪽이 먼저라고 할 것도 없이, 양측은 언어와 유전자를 비롯한 각 분야에 걸쳐 공동연구팀을 구성하고, 양쪽의 공통점과 차이점 나아가 그 이유를 객관적으로 분석하기로 했다.

그리고 여기서 한 발자국 더 나아가, 양측은 빠른 시일 내에 직접적으로 만나기로 하는 데 합의했고, 그 역사적인 순간을 위해서 본격적인 준비 작업에 착수했다. 애초 비상대책위원회는 자신들이 주인인 반면 그랜드 알리앙스호는 지구를 방문한 손님이기에, 주인이 된 입장에서 첫 만남을 지구에서 갖자고 제안했다. 하지만 지구의 공기에는 바이러스성 세균들이 다수 포함되어 있어서, 미래에서 온 인류 즉 그랜드 알리앙스호의 구성원들이 직접 호흡하기에 적합하지 않았다. 따라서 결국에는 그랜드 알리앙스호 내부에서 진행하기로 결정하게 되었다. 뭐, 그래도 무슨 상관이랴. 양측은 각각 다른 시간대의 여행자일 뿐, 서로가 원래는 같은 종족일진데 말이다.

9

그랜드 알리앙스호 최고 지도자회의와 지구의 비상대책위원회는 곧바로 공동연구단을 발족했다. 하지만 잠시나마 해결할 수 없는 한계점이 한 가지 있었는데, 다름 아닌 양측의 물리학 그리고 생물학적 관계가 아직 명확하게 증명되지 않은 상황에서 직접적인 접촉을 한다는 것은 다소 섣부른 판단이 될 수도 있다는 것이었다. 따라서 공동연구단은 일단 상호 간에 직접적으로 접촉하여 공동연구를 진행하는 방법을 피하고, 아쉬운 대로 각자의 연구를 진행하면서 필요에 따라 모니터를 통해 대화를 하고 또 전송을 통해서 자료들을 공유하기로 합의했다. 이제 그랜드 알리앙스호와 지구의 전문가들은 언어의 발전 과정 및 유전자 변이 과정을 위시로 하는 제반 분야에서 팀을 구성하여 공동연구를 시작한 것이다.

아울러서 애초 지구의 비상대책위원회 위원장이 제기한 의문점에 대해서도 조사에 착수했는데, 이는 '그처럼 고도의 과학기술을 보유한 그랜드 알리앙스호가 어떻게 지구에서 오랜 시간에 걸쳐서 보내온 신호를 단 한 번도 받지 못할 수 있었을까?'하는 것이었다. 하지만 이러한 의문점은 의외로 너무나도 쉽게 풀려버렸다. 지구의 나사에서는 얼마 전 화이트홀이 열리면서 거대한 에너지를 방출하는 장면을 확인한 바 있다. 그리고 그랜드 알리앙스호는 다른 시간대의 같은 공간을 여행하다가, 바로 그 화이트홀을 통해서 지금의 지구 태양계로 건너온 것이었으니, 당연히 과거에서 보낸 신호를 미래에서 받을 수 없는 것이었다. 더군다나 화이트홀을 빠져나올 때 그랜드 알리앙스호는 스텔스 기능을 작동시켰기 때문에, 당연히 지구에서는 그들의 존재를 확인할 수 없었던 것이고.

그렇다면 그랜드 알리앙스호 구성원들과 지구 인류의 유전자를 비교한 결과 99.9% 일치하는데도, 왜 이들의 외형은 이처럼 뚜렷한 차이점이 존재하는 것일까? 겉눈썹은 통상적으로 햇빛을 흡수하여 눈의 자극을 덜어주고, 나아가 땀이 눈으로 들어가는 것을 막아주는 역할을 한다. 반면 속눈썹은 먼지가 눈에 들어가는 것을 막아주는 역할을 한다.

그런데 그랜드 알리앙스호 구성원들은 지구의 인류만큼 충분한 햇볕을 쬐지 못하거니와 땀이 날 정도의 운동량을 소화하지도 못하므로, 2천여 년이라는 긴 시간을 통해서 겉눈썹이 퇴화한 것이다. 또 그랜드 알리앙스호의 공기는 인공으로 생성한 것이고, 그 공기 내에는 먼지가 존재할 수 없도록 철저히 여과시키기 때문에, 자연스럽게 속눈썹 역시 도태되어 버렸다.

　그리고 이러한 햇볕에의 노출 여부는 그대로 피부색과 동공의 크기에도 직접적인 영향을 주게 되었다. 충분한 햇볕을 쬐지 못하는 그랜드 알리앙스호 구성원들은 오랜 유전자 변이의 시간을 통해서 서서히 묽은 우윳빛에 가까운 피부색으로 변하게 되었고, 아무래도 직접적인 태양광보다는 약한 불빛에 24시간 노출되어있다 보니, 조금이라도 더 많은 빛을 흡수하려는 동공 역시 점차적으로 확대되었던 것이다.

　하지만 양측의 차이점은 겉모습에만 국한된 것이 아니었다. 구체적인 연구 결과, 제한된 공간으로 인해서 그랜드 알리앙스호 구성원들의 평소 운동량이 크게 떨어지다 보니, 폐 크기가 현 지구의 인류보다 확연히 작아진 것으로 확인되었고, 또 그만큼 두뇌를 사용하는 시간이 자연스레 증가하다보니, 뇌의 크기는 오히려 더 커지게 되었다. 그리고 그러한 운동량의 감소는 고스란히 평균수명에도 직접적인 영향을 주어서, 현 지구 인류의 80세를 크게 밑도는 60세 정도인 것으로 나타났다.

　한편 언어의 차이점 및 변천사를 연구하는 과정에서는 사실상 그랜드 알리앙스호 우튼 박사의 추측이 기본적으로 맞다는 결과가 나왔다. 다시 말해서, 그랜드 알리앙스호의 언어 엥글로브는 옛 지구 언어인 영어에서 발전 및 변화한 것이다.

하지만 애초 일루전호에 탑승한 각기 다른 문화와 언어를 쓰는 수많은 민족들의 다양한 요구를 받아들인 결과, 어떠한 단어들은 발음하기가 보다 쉽고 의미 역시 더 명확한 다른 민족의 언어로 대체되었던 것이다. 거기에 오랜 시간을 걸쳐서, 자연스레 발음과 스펠링, 문법 심지어 문자의 모양 자체까지 변화가 생기다 보니, 지금과 같이 전혀 다른 언어체계를 지니게 되었다. 바로 그러한 과정의 대표적인 예가 한국어 '꿈'이 엥글로브 '구메(ꆀƐ)'의 어원이 되는 것이다.

그리고 이러한 엥글로브와 영어의 상관관계를 연구하던 과정에서 또 한 가지 매우 흥미로운 사실 한 가지를 밝혀냈다. 그것은 우튼 박사와 그의 딸 우냐가 그랜드 알리앙스호 역사박물관에서 빌려온 무선 통신기를 통해서 들었던 목소리의 주인공이, 다름 아닌 우튼 박사와 공동으로 연구를 진행하던 지구 언어연구팀의 일원인 정상훈 교수의 딸 정유나였던 것이다. 정상훈 교수는 미국에서 언어학 연구로 박사학위를 받고, 현재 한국으로 돌아와 대학에서 강의를 하고 있었다.

여기에 한 가지 더 재미있는 사실을 덧붙이자면, 엥글로브어 '우냐(ꆀq)를 지구 영어의 스펠링으로 표기하여 발음하면, '유나(yu-na)'가 된다는 점이었다. 바꿔 말해서 그랜드 알리앙스호의 '우냐'와 지구에 살고 있는 '유나'는 사실상 같은 이름이 되니, 이 둘의 만남은 우연이 아니었을지도 모른다. 어찌 생각해보면, 우냐가 유나의 목소리를 듣게 된 것이 양측의 오해가 더욱 커져서 더 이상 돌이킬 수 없는 상황으로 치달을 수도 있는 상황을 조기에 해결해준, 너무나도 중요한 열쇠가 된 것이 아닌가. 거기에다 공교롭게도 우냐와 유나 두 딸의 아버지 직업조차도 모두 언어학자였다는 것을 감안하면, 정말로 우연이라기보다는 필연이라고 생각하는 것이 더 옳으리라.

10

비상대책위원회 위원장인 미국 대통령과 위원들은 이제 그랜드 알리앙스호 방문단의 신분으로 네팔의 카트만두공항에 도착했다. 이미 TV를 통해서 대략적으로 짐작은 했지만, 비행기 안에서 얼핏이나마 공중에 떠있는 그랜드 알리앙스호의 실제 모습을 보니, 그 육중한 모습에 그만 넋이 나가고 말았다.

사실 위원장은 비행기 안에서 오는 내내 한 가지 문제에 대해서 계속해서 고민을 하고 있었다. '왜 저들은 굳이 이 네팔의 수도 부근 상공에 머무르고 있는 것일까? 이 정도의 기술력을 지니고 있다면 얼마든지 다른 곳으로 이동할 수 있을 터인데?' 하지만 이제 그랜드 알리앙스의 상상을 초월하는 덩치를 보니, 다른 곳으로 이동하는 것이 그리 쉬운 일만은 아닐지도 모르겠다는 생각이 들기 시작했다. 하긴 그도 그럴 것이 그랜드 알리앙스호는 올림픽 주 경기장 몇 개를 모아놓은 듯 그 끝이 보이지 않는 실로 어마어마한 크기의 초대형 타이어였던 것이다. 오히려 저 덩치가 하늘에 떠 있는 것이 그저 신기할 따름이었다.

잠시 후 그랜드 알리앙스호의 문 하나가 개방되더니, 운반선 한 대가 지상으로 내려와 비상대책위원회 일행을 태우고 다시 하늘로 날아올랐다. 그리고 그랜드 알리앙스호에 다가가자, 지상에서 올려다보았을 때 마치 타이어와 연결되어 끊임없이 회전하고 있는 듯한 삼각형 휠의 실체가 서서히 드러나기 시작했다.

"도대체 저 돌고 있는 삼각형 모양의 휠이 뭘까요?"

위원장이 곁에 앉아 있던 위원에게 물었지만, 그 위원 역시 자기도 잘 모르겠다는 듯 어색한 웃음만 지었다. 그러자 잠시 후 기내 방송이 들리기 시작했다.

"중력조절장치입니다. 우주에서는 중력을 생성해주고, 지구처럼 자체 중력이 있는 행성에서는 최적의 중력 상태로 조절해주는 역할을 하고 있지요."

아마도 슈퍼 컴퓨터가 자체적으로 통역을 해주고 있는 듯했다. 잠시 후 방문단을 태운 운반선이 그랜드 알리앙스호로 진입했다. 운반선이 착륙하자 방문단은 바로 소독 터널을 통과하여, 이미 대기하고 있던 전동차에 올라탔다. 그리고 한참을 타고 가면서 방문단은 주변을 살펴보느라 연신 고개를 이리저리 돌렸고, 처음 보는 신기한 그랜드 알리앙스호 내부 모습들에 연신 감탄하느라 바빴다.

"이게 우리의 미래과학기술이라는 말이지?"

한참을 타고 가니 잠시 후 눈앞에 높은 고층건물 하나가 보이기 시작했는데, 모두들 다시 한 번 놀라서 감탄하기 시작했다.

"우주선 내에 또 다른 고층건물이 있다니!"

잠시 후, 전동차 안의 스피커에서 또다시 슈퍼 컴퓨터 통역으로 보이는 목소리가 들렸다.

"도착했습니다. 27층으로 올라가시죠."

이에 방문단 일행이 엘리베이터를 타고 27층으로 올라가자 자동으로 문이 열리고, 눈앞에는 회의실로 보이는 탁 트인 넓은 공간이 펼쳐졌다. 그랜드 알리앙스호 최고 지도자회의 의장과 의원들은 모두 일어나서, 지구 방문단이 안내에 따라 맞은편에 자리를 잡고 앉기를 기다렸다가, 다시 각자의 자리에 앉았다. 그리고 방문단 일원들이 앞에 마련된 통역기로 보이는 동그랗고도 조그만 물건을 귀에 삽입하자, 그랜드 알리앙스호 의장이 입을 열었다.

"환영합니다. 오시는 동안 불편한 점은 없었는지 모르겠군요."

어찌 된 일인지, 통역이 전보다 훨씬 더 부드러워진 느낌이었다. 의장 역시 조금 의아해 하는 방문단의 표정들을 눈치 챘는지, 입가에 살짝 미소를 띠며 말을 이었다.

"보다 원활한 대화를 위해서, 슈퍼 컴퓨터의 통역프로그램을 업그레이드했습니다. 어떻습니까? 말투가 더 매끄러워지지 않았나요?"

의장의 한 마디에 다소 긴장한 표정이 역력했던 양쪽이 모두 웃기 시작했고, 덕분에 회의장 분위기는 좀 더 편안해진 듯했다. 그리고 이처럼 화기애애한 분위기를 계속 이으려는 듯, 비상대책위원회 위원장이자 지구 방문단 단장의 자격으로 이 자리에 선 미국 대통령이 말을 하려는 찰나, 방문단 전원은 원인을 알 수 없는 울렁거리는 느낌을 받았다.

그렇게 몇 초간의 침묵은 겨우 띄워놓은 분위기를 일순간에 다시 가라앉혔고, 이에 그랜드 알리앙스호 의장은 무슨 영문인지 모른다는 표정으로 물었다.

"괜찮으십니까?"

"아, 예. 괜찮습니다. 이곳이 좀 높은 곳에 있어서인지 잠시 속이 거북했던 것 같습니다. 시간이 촉박한 관계로 저희는 별도의 우주 적응 훈련을 받지 못하고 올라왔거든요. 하하하."

크게 한 번 심호흡을 한 미국 대통령이 웃으면서 다시 분위기를 띄우려 하자, 함께 온 방문단원들 역시 웃으며 동참했고, 이에 의장은 다시 밝은 표정으로 화답했다. 하지만 그런 방문단장의 모습을 지켜보면서 뭔가 석연치 않다는 듯 심각한 표정을 짓는 이가 있었는데, 그는 다름 아닌 중앙통제센터에서 모니터로 회의 장면을 바라보던 그랜드 알리앙스호 함장이었다. 그는 모니터를 뚫어져라 응시하면서 혼잣말로 중얼거렸다.

"저 표정. 혹시 어쩌면!"

다시 회의가 진행되었고, 지구 방문단과 그랜드 알리앙스호 최고 지도자회의 의장 및 의원들은 연신 밝은 표정으로 대화에 임했다.

그렇게 한참 동안의 시간이 지나고, 이제 회의는 거의 막바지에 이른 듯했다. 의장은 뭔가 문득 생각났다는 표정을 짓더니 손짓으로 비서를 불러서 귓속말을 했고, 의장이 말을 끝마치자 비서는 황급하게 회의실을 나서서 사라져버렸다. 이에 지구 방문단 위원장은 잠자코 그 모습을 지켜보고 있다가, 웃으면서 말문을 열었다.

"의장님, 무슨 급한 일이라도 있으신가요?"

그러자 의장은 웃으면서 대답했다.

"원래는 처음에 하려고 했는데, 이제야 말씀을 드리게 되었군요. 사실은 우리 측에서……."

그 순간, 비서가 누군가를 데리고 들어왔다. 그러자 의장은 잠시 그 모습을 쳐다보면서 말을 끊었다가 다시 이었다.

"얼마 전 양측의 대치 상황이 있었을 때, 저희는 지구 측의 부상병을 하나 발견했습니다. 그래서 일단 이곳으로 이송하여 치료를 해왔죠. 이제 경과를 보아하니 어느 정도 치료가 끝난 것 같아서, 이참에 지구 방문단과 함께 돌아가라고 데려왔습니다."

의장의 말이 끝나자, 지구 방문단장은 무척이나 놀라워하는 표정으로 그 부상병을 바라보았다. 그리고 이내 일어나서 그에게 악수를 청하며 지금은 괜찮은지를 묻고는 다시 자리에 앉아 의장에게 고마움을 표했다.

"의사불통으로 생겨난 오해에 의한 불상사인데, 이렇게 챙겨주시다니 고맙습니다. 아, 그러고 보니 저 역시 한 가지 잊고 있던 것이 있군요. 사실 저희 역시 그랜드 알리앙스호의 부상자 한 명을 치료 후 보호하고 있습니다. 하지만 아직 완쾌되지 않은 것 같아서 데리고 오지는 못했는데, 곧 완쾌할 것 같으니 조속히 귀환할 수 있도록 조치하겠습니다."

이에 의장 역시 웃으면서 고맙다고 화답했고, 방문단장 역시 웃으며 손사래를 치다가 다시 말을 이었다.

"그나저나 이곳으로 오는 내내 한 가지 궁금증을 풀지 못했군요. 왜 굳이 이곳에서 만나자고 한 건지 저로서는 도저히 이해가 되질 않는데, 혹시 대답해 주실 수 있습니까?"

그러자 의장이 처음에는 다소 난감하다는 표정을 짓더니, 이내 다시 무언가 마음을 먹은 듯 차분한 모습으로 대답했다.

"얼마 전 화이트홀로 빠져나올 때, 그랜드 알리앙스호는 함체 전반에 걸쳐 크고 작은 손상을 입었습니다. 다행히 블랙홀로 빨려들기 전에 옛 지구에서 필요한 희토류를 어느 정도 확보했기 때문에, 급한대로 수리를 할 수 있었지요. 하지만 결국 자재 부족으로 인해서 특히 후미 부분을 완전하게 수리하지 못했기에, 희토류가 매장된 행성을 찾아서 처리하기로 했던 겁니다."

의장은 잠시 숨을 고른 후, 다시 말을 이어갔다.

"그렇게 이 행성 아니 지구를 찾아냈고, 조사 결과 두 곳에 저희가 필요로 하는 희토류가 다량 매장되어있다는 사실을 알게 되었지요."

그때야 지구의 방문단 구성원들은 그랜드 알리앙스호가 왜 이곳을 벗어나지 못했는지 어느 정도 이해하겠다는 듯 고개를 끄덕이기 시작했다.

"그런데 엎친 데 덮친 격으로, 뜻하지 않게 지구의 전투기 한 대가 급상승하면서 그만 그랜드 알리앙스호의 후미와 충돌하게 된 것이지요."

의장은 마치 애도를 표하려는 듯, 고개를 숙이고 잠시 침묵을 지켰다. 그러자 지구 방문단 역시 그의 마음을 헤아린 듯, 침통한 표정으로 고개를 숙이고 잠시 묵념을 함으로써 고인의 넋을 기렸다. 그렇게 침묵의 시간이 잠시 흐르고, 눈을 뜬 지구 방문단장이 먼저 입을 열었다.

조우

"일이 그렇게 된 것이군요. 자칫 위험천만한 상황으로 치달을 수도 있었습니다."

짧게 한숨을 내쉬며 스스로를 위안하던 지구 방문단장은, 이어서 방문단 구성원으로 함께 온 중국과 인도 대표들을 번갈아 바라보며 말했다.

"중국 총리와 인도 수상께서 동의하신다면, 그랜드 알리앙스호가 필요로 하는 만큼의 희토류를 충분히 제공할 수 있을 것 같은데, 어떻습니까?"

그러자 중국 총리와 인도 수상은 누가 먼저랄 것도 없이 환히 웃으면서 고개를 끄덕였고, 지구 방문단장 역시 흐뭇한 미소를 머금으며 말했다.

"자, 그럼 오늘은 이 정도에서 첫 인사를 마쳐야겠습니다. 곧 두 번째 만남을 가지기로 하고, 그때는 보다 구체적으로 그랜드 알리앙스호의 향후 거취문제에 대해서 논의하도록 합시다."

그 말에 그랜드 알리앙스호 최고 지도자회의 의장과 의원들 역시 웃으면서 일어났고, 마치 약속이라도 한 듯이 방문단장과 의장은 서로에게 다가가 악수를 청하려고 했다. 하지만 바로 그때 양측의 비서들이 방문단장과 의장에게 다가가 뭐라고 귓속말을 했고, 방문단장과 의장은 모두 멋쩍은 웃음을 보이며 자리에 다시 앉았다.

"아직 한 가지 행사가 더 남았나 봅니다."

의장이 말을 하자, 방문단장 역시 맞장구를 쳤다.

"자칫 여린 마음에 큰 상처를 줄 뻔했군요. 하하하."

잠시 후 서로 다른 방향에서 두 소녀가 중앙으로 걸어 나왔고, 두 소녀 곁에는 소녀들의 보호자로 보이는 남성들이 함께하고 있었는데, 그들은 바로 우튼 박사와 정상훈 교수였다. 그리고 그랜드 알리앙스호 최고 지도자회의 비서가 그들을 소개했다.

"이쪽은 우냐, 그리고 이쪽은 유나입니다. 만약 두 소녀가 아니었다면, 어쩌면 우리는 지금과는 전혀 다른 결과에 직면해 있었을 겁니다."

그러자 지구 방문단 측에서 박수 소리가 터지기 시작했고, 그랜드 알리앙스호 구성원들은 그런 모습이 낯설었는지 처음에는 무슨 영문인지 잘 몰라서 우두커니 서서 바라보고만 있다가, 차츰 그들을 따라서 어색하나마 두 손뼉을 맞대어 치기 시작했다.

우냐와 유나는 서로를 마주 보면서 다소 수줍은 듯 가볍게 눈인사를 건넸다. 잠시 후 유나는 곁에 서 있는 아빠를 한 번 올려다보고는 먼저 용기를 내어 악수를 청했고, 우냐 역시 흐뭇한 미소를 머금고 있는 아빠를 한 번 물끄러미 쳐다보고는 손을 내밀었다. 그렇게 두 소녀의 손이 맞잡아지는 순간, 갑자기 굉음과 함께 눈부신 하얀색의 섬광이 일면서 두 소녀는 각자 걸어 나왔던 반대 방향으로 튕겨 나가버렸다. 그리고

조우

그 순간, 그랜드 알리앙스호에 있던 모든 이들은 동시에 엄청난 진동과 함께 참을 수 없는 울렁거리는 느낌을 받았고, 그들 중 몇몇은 심지어 울렁거림을 참지 못해서 결국 구토 증상을 보이기까지 했다.

"뭐지?"

너무나도 갑작스레 발생한 뜻밖의 상황에 모두들 당황해하는 기색이 역력했지만, 일단 모두들 본능적으로 두 소녀에게로 달려갔다. 다행히 몇 군데에 찰과상을 입은 것을 제외하고는 생명에 큰 지장이 없는 것처럼 보였지만, 아무튼 충격이 꽤 컸었는지 두 소녀는 모두 기절해 있었다. 이에 그랜드 알리앙스호 의장은 먼저 두 소녀와 구토 증상을 보이는 이들을 의무실로 보내라고 지시했고, 어느 정도 상황이 진정되자 다시 각자의 자리에 앉기 시작했다.

"이게 도대체 어찌 된 영문인지……?"

의장이 난감한 표정을 지으며 혼잣말을 하고 있을 때, 대형 모니터가 켜지면서 그랜드 알리앙스호 함장이 보고를 해 왔다.

"의장님, 지구에서 연락이 왔습니다."

"무슨 일이지? 아무튼, 연결하세요."

지구와의 교신이 연결되자, 그랜드 알리앙스호 회의실에 있던 모든 이들의 이목이 모니터로 집중되었다.

"위원장님, 괜찮으십니까?"

그러자 비상대책위원회의 위원장이자 방문단의 단장인 미국 대통령이 대답했다.

"그렇지 않아도 이곳에 잠시 혼란스러운 상황이 발생하기는 했는데, 무슨 일입니까?"

"방금 엄청난 진동과 함께 참을 수 없는 울렁거리는 느낌을 호소하는 사람들이 지구 곳곳에서 발생했습니다!"

그 말에 모두들 놀라는 눈치였다. 이에 방문단장은 일단 사태를 진정시켜야 한다는 생각으로 간단하게 대답했다.

"알았습니다. 마침 그 문제에 대해서, 그랜드 알리앙스호와 상의하고 있으니, 별도로 다시 연락하겠습니다."

지구의 비상대책위원회 측과 대화를 마친 방문단장은 잠시 무언가를 생각하더니, 이내 의장을 바라보면서 말을 이었다.

"혹시 짚히는 점이라도 있으십니까?"

그러자 의장이 기억을 더듬으면서 말했다.

"글쎄요, 사실 이곳에 와서 몇 차례 울렁거리는 느낌을 받은 적이 있기는 했습니다만."

그렇게 대답한 의장은, 이번에는 주변을 돌아보면서 묻기 시작했다.

"이 일과 관련해서 혹시 뭔가 단서가 될 만한 것이 없나요?"

모두들 주변 사람들의 반응만을 살피면서 두리번거리고

조우

있을 때, 역시 모니터를 통해서 그 모습을 지켜보던 함장이 입을 열었다.

"시간 충돌 현상이 아닐까 추측은 해봤습니다만."

11

함장의 보고를 토대로 그동안 양측에서 겪었던 일들을 정리해 보면, 우선 그랜드 알리앙스호에서 두 대의 채광선을 각각 중국 서부와 인도 동부에 보냈을 때, 서로 다른 장소에 있던 두 팀이 똑같이 울렁거리는 느낌을 받았다고 보고했다고 한다. 그러고 나서 얼마 뒤, 중국군 전투기 한 대가 급상승하면서 그랜드 알리앙스호 후미에 충돌할 때 역시 울렁거리는 느낌을 받았다. 또 이어서 남은 중국군 전투기 6대 중에서 3대를 격추시킬 때마다, 매번 약간 울렁거리는 느낌을 경험했다. 거기다가 지상에서의 전투에서 비행정들이 지구의 공군 전투기들을 격추시킬 때마다, 그랜드 알리앙스호 모든 인원들은 다시 한 번 원인을 알 수 없는 울렁거리는 느낌을 맛보았다. 그런데 이때까지는 모두 그랜드 알리앙스호 인원들만 속이 울렁거리는 경험을 했을 뿐, 지구의 인류는 전혀 느끼지 못한 것이었다.

하지만 지구의 방문단이 그랜드 알리앙스호를 방문했을 때, 그들이 약간의 울렁거리는 느낌을 받은 반면, 그랜드 알리앙스호 구성원들은 전혀 느끼지 못했다. 그러다가 우냐와 유나가 신체 접촉을 할 때 굉음과 함께 눈부실 듯한 하얀색의 섬광이 일면서 엄청난 진동이 발생했고, 거기에 이제까지는 경험하지 못했던 참을 수 없는 울렁거리는 느낌으로 양측 구성원들 중 일부는 구토 증상을 보이기까지 했다. 그리고 이러한 진동과 울렁거림은 이제 심지어 지구 전역에서 모두 느낄 수 있었다.

지구의 방문단이 그랜드 알리앙스호를 떠난 직후, 그랜드 알리앙스호와 지구의 공동연구단은 곧바로 진동과 울렁거림의 원인을 분석하는 데 모든 노력을 쏟기 시작했다. 하지만 이러한 과정에서 단서가 될 만한 일련의 공통점이나 주기조차도 발견해낼 수 없었으니, 모두들 그저 답답한 마음에 허공을 쳐다보며 연신 한숨만을 내쉬고 있을 수밖에.

결국, 이들은 어쩌면 그 원인이 시간과 공간의 충돌 때문에 빚어진 일일 수도 있다는 추측을 하기에 이르렀다. 물론 이를 증명할 수 있는 그 어떤 과학적인 근거조차도 찾을 수 없지만. 지구의 인류역사 2015년과 그랜드 알리앙스호 역사 2015년을 합한 4030년의 기나긴 시간과 고도의 과학 기술력으로도 풀 수 없는 문제에 봉착한 그들은 막막하고도 끝을 알 수 없는 우주의 광대한 신비에 그저 고개를 내저을 뿐이었다.

조우

함장이 처음 언급했던 시간 충돌 현상이란, 이른바 현재의 지구 인류와 그들의 후손인 그랜드 알리앙스호 구성원들이 동일한 시간대에 동일한 공간에서 만나게 되는 것은 이치상 모순이기에 일어나는 현상이다 이를 좀 더 간략하게 말하자면, 양측이 궁극적으로는 지구에서 공존할 수 없음을 뜻하는 것이기도 했다.

　공동연구단의 이러한 결론을 보고받은 그랜드 알리앙스호 의장과 비상대책위원회 위원장 역시, 이러한 상황에서 뭐라고 딱히 지시할 수 있는 것이 없었다. 그저 묵묵히 하늘만을 쳐다보면서, 저 멀찌감치 앞에서 기다리고 있을 운명을 조용히 맞이할 채비만을 할 뿐.

　얼마 후, 그랜드 알리앙스호에서 뭔가의 움직임이 포착되었다. 여러 대의 채광선들이 함선을 빠져나오더니, 두 갈래로 나뉘어 중국 서부와 인도 동부로 향하는 것이었다. 그렇게 그랜드 알리앙스호는 마치 이 답답한 시간들과 마음을 달래기 위해서, 본격적으로 함선 수리에 전념하기로 한 듯했다.

12

며칠 후, 비상대책위원회는 긴급 회의에 들어갔다.

"며칠째 이상한 변화가 감지되고 있습니다. 지구 곳곳에서 크고 작은 지진이 발생하고 있고, 또 그 정도가 점차적으로 심해지고 있다는 분석들이 속속 들어오고 있습니다."

이에 위원장이 심각한 표정으로 물었다.

"원인은 찾아냈습니까?"

"지구 외핵의 반경이 점차 팽창하고 있고, 그 영향으로 하층 맨틀이 심하게 요동치고 있기 때문으로 파악되었습니다."

"이대로 간다면?"

"아마도 먼저 맨틀의 마그마가 지각을 뚫고 분출할 겁니다. 사실 이미 몇몇 지역은 그로 인해서 적잖은 피해를 입은 것으로 파악되는데, 만약 이대로 놔두면 멀지 않아서 세계 곳곳이 용암으로 넘쳐나겠지요."

"그 다음엔?"

"정확하게 예측하기는 어렵습니다만, 만에 하나라도 외핵이 내핵 쪽으로 반경을 넓혀간다면, 최악의 경우에는……."

그러자 위원장은 뜻밖에도 담담한 표정으로 물었다.

"그랜드 얼라이언스호 역시 이 일을 알고 있겠지요?"

"네, 이 보고서는 공동연구단이 작성한 것이니, 지금쯤이

조우

면 아마 그쪽도 알고 있을 겁니다."

위원장은 두 눈을 지그시 감고, 천천히 의자 쪽으로 등을 기대었다. 그리고 생각했다. '지금 이대로라면 양측은 모두 사라지고 만다. 그렇다면 둘 중의 하나는 이곳을 떠나야 하는데, 우리도 저들도 모두 똑같은 지구의 주인.' 그러다가 위원장은 자기도 모르게 갑자기 한마디를 툭 내뱉었다.

"차마, 차마 그 말만은 못하겠어!"

그리고 얼마나 많은 시간이 흘렀을까? 대형 모니터가 켜지더니 그랜드 알리앙스호 의장의 모습이 나타났고, 비상대책위원회 위원장은 서서히 고개를 들어 모니터를 응시했다.

"서른 개의 바퀴살이 하나의 바퀴 통에 모였는데, 바퀴 통 속이 비어 있어야 수레의 작용이 있다. 진흙을 빚어 그릇을 만드는데, 그릇에 공간을 만들어야 그릇의 쓰임이 있다. 창문을 내어 집을 짓는데, 집에 빈 공간을 만들어야 집의 쓰임이 있다. 그러므로 있음으로써 이롭게 되고, 없음으로써 쓰이게 되는 것이다."

아무런 사전 통보 없이 연락을 해온 그랜드 알리앙스호 의장은, 갑작스레 알 듯 모를 듯 묘한 말로 말문을 열었다.

"옛 중국의 철학자 노자가 쓴 『도덕경』의 한 구절입니다. 아름다움이 아름다움으로 인식될 수 있는 것은, 추함이 아름다움과 함께하기 때문입니다. 위가 존재할 수 있는 이유는, 바로 아래가 있기 때문입니다. 가진 자가 존재할 수 있는 이유는, 다름 아닌 그렇지 못한 이들이 있기 때문이죠. 따라서 있음과 없음은 반드시 함께 존재해야 하는 것이니, 이것이 참된 상생의 가치입니다."

그랜드 알리앙스호 의장은 온화한 표정을 지은 채, 의연한 모습으로 말을 이었다.

"여러분들의 미래이자 우리의 과거는 아쉽게도 이러한 도리를 미처 깨우치지 못했습니다. 그래서 그랜드 알리앙스호가 지금 이러한 운명에 놓이게 된 것이기도 하지요."

의장이 말하는 동안, 비상대책위원회 위원장과 그 주변의 모든 이들이 모니터를 응시하면서 하나 둘씩 서서히 그 앞으로 다가섰다.

"현명한 이는 눈앞에 발생한 작은 일을 작다고 무시하지 않기 때문에, 후에 걷잡을 수 없는 큰일로 번지도록 놔두지 않는다고 했습니다."

의장은 잠시 호흡을 가다듬고, 계속해서 말했다.

"우리는 다시 그 끝을 알 수 없는 여행을 떠납니다. 하지만 이제는 모든 희망을 우리의 과거인 여러분에게 걸고 떠날 수 있기에, 더 이상의 아쉬움이나 후회는 없습니다. 이렇듯 낯선 조우를 할 수 있었던 것은, 어쩌면 여러분에게 이 말을 전달하기 위해서인지도 모르겠군요."

의장은 비장함과 희망이 함께 녹아 있어서 말로는 어찌 형용할 수 없는 표정으로 천천히 그리고 정중히 고개를 숙였고,

조우

이를 바라보던 지구 비상대책위원회 위원장은 뭐라도 한마디 하려고 했지만, 마치 더 이상의 미련을 두지 않으려는 듯 통신은 곧바로 끊겼다. 이에 위원장은 여전히 모니터를 응시하며 중얼거렸다.

"우린 그저 운이 좋게도 좋은 꿈을 꾼 거야. 저들은 운이 나쁘게도 우리를 통해서 악몽을 꿨을 뿐이고."

그리고 그 순간 대기권을 벗어나 점점 작아지는 지구를 바라보면서, 그랜드 알리앙스호 의장 역시 혼잣말로 중얼거렸다.

"아직 미래가 다가오지 않은 현재는 있을 수 있어도, 현재가 없는 미래는 존재할 수 없지. 이제는 미래가 현재를 위해서 떠날 때인 거야. 그게 또 순리인 것이고."

잠시 그윽한 눈빛으로 지구의 마지막 모습과 작별한 의장은, 이내 고개를 돌려서 앞에 앉아 있는 의원들을 하나하나 바라보면서 혼잣말을 이어갔다.

"우린 그저 운이 나쁘게도 악몽을 꾼 거야. 저들은 운이 좋게도 우리를 통해서 좋은 꿈을 꿨을 뿐이고."

조우

초판 1쇄 발행일 2014년 11월 7일

지은이 안성재
펴낸이 박영희
편집 배정옥·유태선
디자인 김미령·박희경
인쇄·제본 태광인쇄
펴낸곳 도서출판 어문학사
     서울특별시 도봉구 쌍문동 523-21 나너울 카운티 1층
     대표전화: 02-998-0094 / 편집부1: 02-998-2267, 편집부2: 02-998-2269
     홈페이지: www.amhbook.com
     트위터: @with_amhbook
     블로그: 네이버 http://blog.naver.com/amhbook
           다음 http://blog.daum.net/amhbook
     e-mail: am@amhbook.com
     등록: 2004년 4월 6일 제7-276호

ISBN 978-89-6184-353-9　03810
정가 9,000원

이 도서의 국립중앙도서관 출판시도서목록(CIP)은 e-CIP홈페이지(http://www.nl.go.kr/ecip)와
국가자료공동목록시스템(http://www.nl.go.kr/kolisnet)에서 이용하실 수 있습니다.
(CIP제어번호: CIP2014029214)

※잘못 만들어진 책은 교환해 드립니다.